오! 행복한
카시페로

오! 행복한 카시페로

그라시엘라 몬테스 지음 ┃ 배상희 옮김 ┃ 이종균 그림

푸른숲주니어

차례

배고픔의 명수

라사로와 파블로스에게

순둥이와 귀둥이,

그리고 이 둘의 수많은 강아지들에게

이 책을 바칩니다.

세상을 꿀꺽 삼키고 싶은 배고픔

만약 우리 엄마 젖이 두 개 더 있었다면 내 불행과 행복, 다시 말해 내 모험은 시작되지 않았을 것이다. 젖이 하나만 더 있어도 충분하겠지만 두 개라고 말한 까닭은, 젖이 보통 쌍으로 있기 때문이다. 두 개든지, 네 개든지, 여섯 개든지……. 아니면 우리 엄마처럼 열 개든지.

우리 형제는 열하나인데 엄마 젖은 열 개뿐이었고, 거기에 문제가 있었다. 게다가 나는 배고플 팔자까지 타고났다. 상상도 못할 배고픔, 말도 못할 정도로 세상을 꿀꺽 삼키고 싶은 마음 말이다.

햇볕을 쬐며 귀를 긁적이다가 왜 나는 항상 배고파야 하는지 생각한 적이 한두 번이 아니다. 배고플 운명을 타고나서 늘 배가 고픈 건지, 아니면 먹을 게 넉넉한 적이 한 번도 없어서 그런 건지 잘 모르겠다.

모든 것이 엄마 젖 때문에, 더 정확히 말하면, 있어야 할 엄마 젖이 없어서 시작되었다. 나는 얼루기 누나 발에 귀가 늘 짓눌려 있을 정도로 엄마 배 속에서 비좁게 있었다. 엄마 배 속에서 막 나와 죽을 만큼 배고프고 외롭고 추워서, 눈도 제대로 뜨지 못한 채 무작정 엄마 젖을 찾아 더듬거렸지만 젖이 없었다. 뭔가를 찾아내기는 했다. 엄마 배 언저리 부분이었다.

그곳은 배 속처럼 말랑하지도 따뜻하지도 않았지만, 어쨌든 매력적이고 무척 신기했다. 그래서 밀치고 들어갔다. 나처럼 매력적이고 신기한 곳을 막 찾아낸 많은 형과 누나 들 틈으로 파고들었다. 그리고 마침내 그곳에 다다랐다. 자리를 잡고 보란 듯이 입을 벌렸다…….

그런데 없었다. 아무것도, 아무것도 없었다. 서럽게도 이미 남아 있는 젖은 하나도 없었다.

우리 형과 누나 들은 쭉쭉 게걸스럽게 젖을 빨아 댔고, 엄

마는 누워서 쉬다가도 이따금씩 고개를 들어 젖을 빠는 자식들 냄새를 맡으며 한참이나 촉촉하게 핥아 주었다.

엄마는 가엾게도 수를 셀 줄 몰랐던 모양이다. 내가 열한 번째로 태어난 자식인 줄도 모르고, 어차피 같은 말이겠지만, 자식이 하나 더 있는지, 혹은 젖이 하나 모자라는지도 모른 채, 자꾸만 나를 저 아래쪽에 있는 자식들 틈으로 밀어 넣었으니까.

나는 엄마한테 어떻게 항의해야 할지를 몰라서, 몰려 있는 형과 누나 들에게서 조금 떨어져 있기로 했다. 엄마 젖만은 못하지만 엄마가 나를 핥아 줄 때면 무척 행복했고, 또 호랑이 형한테 바짝 붙어 있으면 뭔가 건질 게 있다는 사실을 알아냈기 때문이다.

호랑이 형은 가장 큰 형이다. 우리는 같은 날 태어났으니 나이가 많다는 게 아니라, 모든 면에서 가장 크다는 말이다. 다리, 주둥이, 몸무게, 꼬리, 털, 송곳니, 힘……. 호랑이 형이 젖을 뺏길 리 없었다. 나는 되도록 호랑이 형 옆에 붙어 있어야 한다는 것을 깨달았다. 그래서 형과 누나 들 틈으로 비집고 들어갔다. 꼬랑지 형의 등을 기어올라 젖을 입에 문 채 곯아떨어진 콧수염 형을 밟고 호랑이 형 옆에 자리를 잡았다.

짐작한 대로 호랑이 형은 깨어 있었다. 그리고 젖을 빨아 댔다. 얼마나 힘차게 쭉쭉 빨아 대는지 엄마 젖꼭지에서 따뜻한 젖 줄기가 펑펑 솟아나는 바람에, 입에 다 담지도 못할 정도였다. 미처 삼키지 못한 달콤한 젖은 호랑이 형 주둥이를 타고 흘러내렸다. 나는 호랑이 형 곁에서 형 주둥이 털을 핥으며 펑펑 내버려지는 그 기쁨을 주워 담으려고 했다.

나는 며칠 동안 기를 쓰고 배를 채웠다. 태어난 지 일주일이 지나도 내 다리는 휘청거릴 정도로 약해서 제대로 걷지도 못했지만, 배고픈 만큼 꾀가 생겨서 주렁주렁 매달린 엄마 젖에 가장 먼저 도달하는 방법을 터득했다. 간단하면서도 확실한 방법이었다. 온종일 엄마 곁을 맴돌며 엄마를 감시하는 것이다.

형과 누나 들은 쑥쑥 자랐다. 갈수록 대담해지고, 먼 곳까지 나가고, 마른 잎과 씨름하고, 작은 새 뒤를 쫓고, 전쟁놀이를 했다. 그러나 내겐 더 중요한 일이 있었다. 배고픔을 해결하는 일이었다.

그렇게 형제들이 저만치에서 딴 짓을 하고, 남의 뒤나 쫓고, 땅을 파헤치고, 새 부리에 쪼이고, 족제비를 물려다 오히려 큰코다치는 동안, 나는 정성스럽게 엄마 젖을 살피고 있었다. 절대로 한눈팔지 않고서.

그러다 엄마 젖이 축 늘어져 있지 않고 점점 부풀어서 마침내 터질 듯한 물방울처럼 탱탱해지면, 나는 행복의 장소로 총알처럼 뛰어가 엄마가 미처 눕기도 전에 매달렸다. 가엾은 엄마는 때때로 나를 매단 채 몇 미터를 걸어가기도 했다. 엄마는 불편했겠지만, 어쩌면 배고픈 자식의 배를 채워 주는 어미로서 세상의 행복을 송두리째 맛보고 있었는지도 모른다.

물론 황홀한 기분은 오래 가지 않았다. 젖을 예닐곱 모금 삼키지도 않았는데, 형과 누나 들이 모두 잎사귀와 전쟁놀이와 족제비를 팽개치고 우리 마음을 온통 뒤흔드는 냄새에 이끌려 몰려왔다. 그제야 엄마는 드러누웠고, 형과 누나 들은 엄마 배 위로 우르르 달려들었다.

나는 그때까지도 저 밑 구석에서 내가 차지한 젖을 부여잡고 있었다. 성에는 안 차지만, 그래도 제법 배를 채워 준 내 젖을 지킬 채비를 단단히 하고서.

내 운명은 누가 내 경쟁자인지에 따라 결정되었다. 늘 한눈파는 잠꾸러기 콧수염 형, 꼬랑지 형, 멍청이 형이나, 언제나 위쪽에 있는 젖을 빠는 버릇이 있어 자리를 제대로 잡지 못하는 납작코 누나라면 해 볼 만한 게임이었다. 그러나 내가 확실히 차지한 젖을 두고 얼루기 누나나 곰돌이 형, 호랑이 형 등과 싸워야 한다면 일찌감치 포기해야 하는 게임이었다. 싸움을 할 필요도 없었다.

울퉁불퉁 근육질의 커다란 덩치를 건들거리며 싸울 작정으로 다가오는 형들의 모습만 보아도, 살보다 뼈가 더 눈에 띄고 다리통보다 눈이 더 큰 나는 힘이 아닌 꾀를 써서 나를 지켜야 한다는 사실을 곱씹으며 사랑하는 요새에서 슬그머니 물러섰다.

2

천국으로 들어가려는 노력

사실 우리 형제들이 못 말리게 게걸스러운 건 우리 탓이 아니었다. 우리 동네에는 먹을 것이 적었다. 엄마는 닥치는 대로 많이 먹어 보려고는 했지만, 너무 말라 뼈 한 움큼밖에 되지 않았다. 게다가 이따금 그림자조차 생기지 않는 것 같았다.

　나는 엄마가 먹을 것을 구하는 데 얼마나 열심이었는지 누구보다 잘 안다. 나는 형과 누나 들보다 먼저 잔치에 가려고 기쁨의 샘을 끊임없이 지켜보았기 때문에, 엄마가 쉴 새 없이 먹을 만한 것을 찾아 배를 채우는 것을 봐 왔다. 엄마는 미리 영양을 보충해서 마지막 한 방울 남은 젖까지 솟아나게 했다.

먹이를 구하는 일은 쉽지 않았다. 엄마는 장점이 많았지만 재주꾼은 아니었다. 더욱이 위대한 사냥꾼과는 거리가 멀었다. 근시인 데다 오래 전부터 절룩거린 탓에 행동도 굼떠서 코앞에 있는 새를 놓쳐 버리기 일쑤였다.

언젠가 반지르르하고 통통한 기니피그몸의 길이는 25센티미터 정도이며, 쥐와 비슷한 쥐목 고슴도치과의 동물. 실험동물로 널리 쓰이며, 원산지는 페루이다를 한 번에 물어 낚아챈 적이 있기는 했다. 하지만 기니피그도 새와 마찬가지로 재빠른 데다 많지도 않았으며, 족제비는 아예 상대하지 않는 편이 낫다는 것을 엄마는 경험을 통해 잘 알고 있었다.

개구리는 정말 많았다. 하지만 해 질 무렵 겨자나 회향풀여러해살이풀로, 높이는 1~2미터 정도이고, 노란색꽃이 핀다 밑에서 울어 대는 개구리들은 엄마가 잡기엔 너무 미끄러웠을 것이다. 게다가 엄마는 개구리를 먹기가 역겨웠던 모양이다. 엄마는 배고픔이 극에 달했을 때 늘 다니는 길가에 있는 큰 웅덩이로 가서 개구리 한두 마리를 잡아먹었는데, 그땐 오만상을 하면서 어쩔 수 없이 먹는 것 같았다.

위험이 도사리고 있기는 하지만, 배고픔을 해결하기에 가장 좋은 곳은 농장이었다.

농장에는 먹을 것이 여기저기 넘치도록 쌓여 있었다. 번쩍 번쩍한 양철 쓰레기통, 딱 벌여 놓은 식탁, 하늘의 축복처럼 봉지에서 떨어지는 양식, 소시지, 구운 고기 조각, 황홀하게 도 살점이 붙어 있는 뼈다귀, 비계, 즙이 많은 잔뿌리. 농장은 천국이었지만, 알다시피 천국에 가까이 다가가기는 만만치 않은 일이다.

우리뿐만 아니라 주위에 있는 다른 개들도 농장에서 음식 을 얻으려면 두 가지 방법밖에 없다는 것을 알고 있었다. 동 냥을 하거나 훔치는 방법이었다. 앞에서 말했듯이, 엄마는 간 이 크지도, 훔치는 솜씨도 좋지 않아 구걸을 해서 좋은 결과 를 얻곤 했다. 하지만 우리 형제 몇몇과 이웃들은, 나중에 말 해 주겠지만, 기막힌 기술로 음식을 훔쳤다.

엄마는 매우 아름답다고 할 수는 없지만, 예쁘긴 예뻤다. 부드럽고 꼿꼿한 밝은 색 털에 아주 다정해 보이는 커다랗고 그윽한 눈을 지녔다. 게다가 성격도 좋고, 늘 지나치리만치 온순했다. 그래서 사랑을 나누던 시절에는 젊은 수컷들의 요 구를, 나중에 새끼를 키우던 시절에는 자식들의 요구를 언제 나 다 들어 주었다.

엄마를 잘 알고 있는 농장에서는 엄마를 순둥이라고 불렀 다. 순둥이 엄마한테는 언제나 뼈다귀가 있었고, 꽤 큼지막한 쇠고기 조각, 닭 간, 기름에 튀긴 돼지비계, 이따금 차가운 감자까지 있었다. 엄마는 이 음식들을 거절한 적이 한 번도 없었다. 예의가 바른 탓도 있겠지만, 알다시피 시장이 반찬이기 때문이다.

언제나 엄마 젖에 목매달던 나는 낮이나 밤이나 엄마 옆에 붙어 있어서 엄마가 넉넉한 간식거리를 얻는 모습을 여러 번 지켜보았다. 그 당시, 사람들은 내게 감격스러운 존재였다. 나는 사람들을 찬찬히 살피고, 늘 그래 왔듯이, 그들이 하는 말을 귀담아 들었을 뿐 아니라, 지금 생각해 보면 순진하게도 그들을 믿고 의지했다.

그러나 순둥이 엄마가 우리를 줄줄이 등에 업고 농장에 나타나거나, 이웃 개나 한 마을에 사는 개들과 함께 나타나면 사랑은 순식간에 사라졌다. 다른 개들은 음식 주인이 엄마에게 맛있는 음식 찌꺼기를 준다는 것을 알아서, 엄마가 나무 대문 쪽으로 다가가면, 찰거머리처럼 엄마한테 딱 달라붙었다.

착하고 온순하고 사랑스러운 어미 개 한 마리가 아니라 굶주린 개 열다섯 혹은 스무 마리가 들이닥치면, 농장 사람들은 웃음기를 싹 거두고 공중에 손을 휘휘 내저으며 투덜거리다가 폭군처럼 "저리 꺼져!" 하고 소리치며 돌멩이를 모아 우리 등에 던졌다. 그뿐 아니라 어떤 때는 밖으로 나오지도 않고 야수들을 풀어 놓기도 했다.

야수들에 대해 말하려면 한 단락은 필요하다. 이 녀석들은 암캐와 수캐, 두 마리였다. 두 마리 다 덩치가 크고, 시커멓고, 근육이 울퉁불퉁했다. 목에는 굵고 뾰족한 가시 목걸이를 찼다. 그 녀석들이 나와 같은 종족이라는 것이 도무지 믿기지 않았다.

우리를 왜 그렇게 싫어했는지 모르겠다. 하지만 우리를 미워한 건 사실이다. 우리 뒤를 쫓고 으르렁대고 무섭게 짖어 대기만 한 것이 아니라, 가엾은 콧수염 형이 당한 것처럼 우리를 붙잡아 인정사정없이 물어뜯고는, 피범벅이 되어 울부짖는 우리를 울타리 옆에 던져 버리기까지 했다.

녀석들이 큰길까지 나오는 경우는 드물었다. 대문 옆에서 우리를 죽일 듯이 허옇고 길쭉한 이빨을 드러내고는 한참을 있다가, 휙 뒤돌아 집으로 돌아가면서 나무에 자기 영역을 표시하곤 했다.

그것이 녀석들이 할 일이었던 모양이다. 야수가 되는 일 말이다. 야수가 되면 좋은 점도 있는 것 같았다. 이빨이 허옇고 털이 번지르르한 것을 보니 먹기도 잘 먹는 것 같았고. 하지만 모든 것이 장밋빛은 아니었다. 녀석들은 대체로 말뚝에 달린 커다란 쇠사슬로 묶여 있었고, 눈은 음산하고 흐리멍덩했

다. 단 한 번뿐이었지만, 호랑이 형은 야수들의 목덜미에 이빨 자국을 남긴 적이 있다. 그것은 형의 마지막 몸부림이었고, 온 마을이 형의 업적을 찬양했다.

농장과의 관계는 첫 도둑질 사건이 있은 뒤로 무척 나빠져서, 엄마는 구걸하러 대문 근처에도 가지 않았다. 첫 도둑질은 가장 재빠르고 대담한 얼룩기 누나 작품이었다. 누나는 닭 한 마리를 통째로 훔쳐 왔다. 그 일로 누나도 호랑이 형처럼 마을에서 대단한 인기를 얻었다.

우리 가족은 닭이라면 사족을 못 쓴다. 살았든 죽었든, 익었든 날것이든, 털이 있든 없든, 암탉이든 참새든 까치든 우리는 상관하지 않았다.

언젠가 농장지기가 하는 말을 들었는데, 우리 아빠는 농장 구석에 있는 옴부 나무 남아메리카에서 자라는 거대한 나무에 둥지를 튼 까치들이 두려워하는 대상이었다고 한다. 이 말을 하는 까닭은, 얼룩기 누나가 목줄이 풀린 야수들이 어슬렁거리는 울타리를 피해 농장 끄트머리에 있는 밀밭을 지나다가, 석쇠 위에 막 굽기 시작한 큼지막하고 통통한 닭 냄새를 제대로 맡았을 때 어떤 기분이 들었을지 설명하기 위해서다.

누구라도 숯불 위에서 탁탁 튀기 시작한 기름 냄새, 어쩌면 깃털이 붙어 있을 살 그을리는 냄새를 맡으면, 배 속이 뒤집

히면서 저항할 수 없는 강력한 무언가에 이끌려 단숨에 펄쩍 뛰어올라 냄새가 나는 곳으로 후닥닥 다가가 덥석 물고는 제대로 씹지도 않고 냉큼 배 속으로 집어넣을 것이다.

바로 그 일을 얼루기 누나가 해냈다. 누나만의 민첩성과 신중함이 한몫 톡톡히 했다. 누나는 타고난 도둑이었다. 몸놀림이 부드럽고 조용하며 재빨랐다. 누나는 털끝 하나 움직이지 않고 엉겅퀴 한 줄기 건드리지 않고 철조망 구멍으로 들어가서는, 단 한 번에 뛰어올라 석쇠를 들어 올렸다 내렸다 하는 사슬 친친 감긴 도르래에 발을 디디고 서서 벌건 숯불과 주변의 끔찍한 열기를 이기고 자기 닭을 낚아챘다.

농장 사람이 누나를 발견했을 때, 누나는 약탈물을 입에 꽉 문 채 쏜살같이 밀밭을 달려가고 있었다. 농장 사람들은 즉시 야수들을 풀었다. 하지만 얼루기 누나는 이미 농장에서 멀찌감치 달아난 터라 야수들은 누나 뒤를 쫓지 못했다.

예상했겠지만 솔직히 나는 그 전설적인 닭을 실컷 맛보지 못했다. 얼루기 누나와 곰돌이 형, 호랑이 형이 배불리 먹고 난 뒤에, 멍청이 형과 꼬랑지 형, 흰둥이 누나가 힘줄과 껍질을 먹을 만큼 먹고, 엄마, 괴짜 형, 발톱 형, 납작코 누나가 남은 뼈들을 사이 좋게 쪼개 먹고 나자, 콧수염 형과 내게 남은 것은 뼈 부스러기 두 개뿐이었다.

우리는 부스러기를 먹어 치우지 않고 오랫동안 냄새를 맡으며 최대한 음미하려고 했다. 그 부스러기가 배고픔을 덜어 주지는 못했지만 정신을 살찌우고 늘 상처 입은 우리의 자존심을 어루만져 주었기 때문이다.

얼룩이 누나를 시작으로, 이웃 개들이 도둑질을 해 대는 바람에 상황은 더욱 나빠졌고, 결국 농장과의 우호 관계는 완전히 끝났다.

그즈음 야수에 대한 공포에다 공기총에 대한 두려움까지 더해졌다. 무시무시한 공기총은 내 꼬리를 자르고, 나를 웃음거리로 만들었다.

한마디로. 천국의 문은 꽝 닫혔고, 우리는 풍요 밖으로 쫓겨나 배고픔을 달래야만 했다.

바로 그 끔찍한 때에 우리 형제 몇몇은 일자리를 찾기 시작했다.

3

빛 좋은 개살구, 애완견

개라면 되도록 빨리 일자리를 얻는 게 좋다. 누구나 다 아는 얘기지만, 가장 좋은 일자리는 강아지 때 얻는다. 특히 통통하고, 약간 멍청하고, 장난꾸러기인 데다 털이 복슬복슬한 강아지는 훌륭한 애완견이 될 수 있다.

　나중에 설명하겠지만, 힘겨운 첫 시기를 잘 견뎌 내면, 애완견으로 평생 편하게 살 수 있다. 먹을 것이 많을 때도 있고 적을 때도 있지만 대체로 잘 먹고, 비가 와도 심하게 젖지 않고, 겨울에는 불 옆에서 몸을 따뜻하게 데울 수 있다. 또 거의 날마다 누군가가 말을 걸어 주고 등을 토닥여 준다.

그러나 애완견으로 사는 것은 빛 좋은 개살구다. 우선 고생스런 견습 애완견 시기를 잘 넘겨야 한다.

짐작한 대로, 우리 가운데 가장 먼저 일자리를 얻은 것은 납작코 누나였다. 누나는 아주 예쁜 데다 사랑스럽기까지 했다. 얼마나 사랑스럽고 애교가 넘치는지, 고양이가 우리 틈에 끼어들어 왔다는 생각이 들 정도였다. 주말에 강가에서 야영하던 사람들이 누나를 데리고 갔다. 그 뒤로 소식을 못 들어서, 누나가 애완견이 되어 어떤 경험을 했는지 우리는 알지 못했다.

하지만 호랑이 형에게 일어난 일을 보며 나름대로 교훈을 얻을 수 있었다.

호랑이 형은 농장에서 일하는 아이들이 데리고 갔는데, 처음에는 형을 애완견으로 삼고 싶어 데려간 줄 알았다. 형은 얼굴 둘레의 검은 줄 때문에 매섭고 용감무쌍하게 보이고, 근육이 울퉁불퉁하며 힘도 셌다.

나는 며칠 동안 보지 못한 형을, 미꾸라지 같은 작은 새 뒤를 쫓아 우연히 들어간 토마토 농장 안에서 만났다. 형은 얼굴을 다리 사이에 처박고 집 옆에 널브러져 있었다. 옆에 먹음직한 뼈다귀와 커다란 물통이 있었지만 형은 행복해 보이지 않았다.

형이 나를 알아보고 꼬리를 흔들며 일어서자, 목에 감긴 가죽 끈이 보였다. 끈은 꽤 길어서 물탱크 있는 곳까지 닿았으나 불편해 보였다.

형을 보자마자 나는 깨달았다. 농장 사람들이 호랑이 형을 애완견이 아니라 '야수'로 훈련시키고 있었던 것을.

우리 사이에서 호랑이 형은 늘 행복하고 축복 받고 선택 받은 개였지만, 이번만은 형이 하나도 부럽지 않았다. 야수는 밥맛없는 일자리 같았다. 차라리 땅딸막하고 약골인 데다 꼬리가 잘렸으며 콧수염까지 덥수룩한 내가 더 나았다. 정신이 제대로 붙은 사람이라면 나를 야수로 삼을 생각은 아예 하지도 않을 테니까. 하지만 이런 나도 애완견이 될 수는 있었다. 약간 우스꽝스러웠기 때문에.

나는 선택되지 못할 뻔하다가 애완견으로 선택되던 날을 결코 잊지 못한다. 저만치에서 머리를 빠글빠글 볶은 여자 셋이 결정을 못 내리고 주저하고 있었다. 그들은 나와 괴짜 형을 번갈아 보았다. 형은 엄마처럼 몸은 밝은 색이고, 머리는 온통 새까매서 몹시 우습게 보였다. 세 사람은 다시 나를 보면서 뭔가 쑥덕거리다가 내가 아는 나의 가장 큰 매력인 내 귀와, 총알 때문에 잘려 버린 내 꼬리를 가리켰다. 그들은 망설이고 있었다.

사실, 망설인 건 나도 마찬가지였다. 그 시점에서 과연 내가 애완견이 되고 싶은지 확신이 서지 않았기 때문이다.

한편으로 냄새를 빼앗길지도 모른다는 생각이 들었다. 비록 한 달이 넘도록 엄마 젖을 빨지 못했지만, 엄마 냄새를 비롯해서 물웅덩이의 이끼 냄새, 썩은 잎 냄새, 겨자 냄새 들 말이다. 그리고 다른 한편, 갈수록 기니피그와 까치는 줄어들고 불을 내뿜는 공기총과 야수 들이 늘어가는 이곳에서 떠돌이 개로 사는 것이 얼마나 힘들지도 생각해 보았다.

마침내 나는 결정을 내렸고, 그들이 결정을 내리는 데 한몫 거들었다. 나는 커다랗고 동그란 눈으로 세 사람을 빤히 쳐다보고 고개를 갸우뚱거리며 겁먹은 소리로 끙끙댔다. 내가 태어난 지 얼마 안되어 엄마랑 농장 주인들에게 먹을 걸 얻으러 원정 갔을 때 늘 효과를 본 수법이었다.

그 수법은 즉시 효력을 나타냈다. 어린 파마머리 두 명이 나에게로 팔짝팔짝 뛰어오더니 나를, 그 누구도 아닌 나를 데려가겠다고 말하면서 나, 오로지 나를 택했다. 큰 파마머리도 찬성했다. 나는 괴짜 형을 흘깃 보았다. 형은 수습 애완견 자리를 눈앞에서 놓쳐 버렸다.

그러나 나는 곧 상당히 수치스러운 검사를 받아야 했다. 성별 검사였다. 큰 파마머리는 내가 암컷이 아니라 꼭 수컷이어야 한다고 고집을 부렸다. 집에 강아지들이 득실거리는 것이 싫다는 게 이유였다. 작은 파마머리 가운데 한 아이가 나를 번쩍 치켜들고 공중에서 휙 뒤집더니 빤히 쳐다보고 나서는 얼굴을 찡그리며 큰 파마머리에게 건네주며 말했다.

"엄마, 잘 모르겠어. 너무 작아서 모르겠는걸."

가엾은 괴짜 형은 세 사람이 자기를 거들떠보지도 않아 풀이 죽은 채 구석에 처박혀 있다가 그 말을 듣고 상당히 재미있어 했을지도 모르지만, 나는 하늘이 무너지는 것만 같았다.

나는 곧바로 수습 애완견이라면 염두에 두어야 할 첫째 항목이 무엇인지 깨달았다. 그것은 바로 치욕을 참아 내는 것! 내 성별은 바보가 아니라면 누가 봐도 분명하고 전혀 모를 리 없는데……. 나는 큰 파마머리가 나를 뚫어지게 살펴본 뒤 어떤 판정을 내리는지 잠자코 기다려야 했다.

"됐어, 수컷이야."

그리고 그들은 나를 데리고 갔다.

나는 애완견으로 지내면서 몇 가지 잊지 못할 사건들을 겪었다. 그리고 사람들이 기본적으로 무엇을 문제 삼는지 알게 되었다. 이를테면, 사람들은 이름에 목숨을 건다. 그들은 나를 어떻게 부를지 결정해야 했고, 꼬박 하루 동안 말다툼하며 이 이름 저 이름을 붙여 보았다.

우리 가족은 나를 늘 귀돌이로 불렀다. 아무도 다른 이름이 필요하다고 생각하지 않았다. 그러나 수습 애완견이 된 첫날 오후, 나는 차례차례 쿠키, 우베르토, 리토, 토마스, 야옹이 (주님! 저들을 용서하소서!), 호세, 룰루, 강낭콩, 점박이, 블라디미르, 택시가 되었다. 듣자 하니, 택시는 몸은 온통 새까만데 귀가 노래서 지어진 이름이었다. 그리고 믿기지 않겠지만, 그들은 밤이 되어서야 내 이름을 토토로 정했다.

나는 별로 마음에 들지 않았지만, 입이 떡 벌어질 만큼 많은 인물이 되어 보느라 지칠 대로 지쳐서, 마침내 결정이 되었다는 사실에 그저 고마울 따름이었다.

토토로서의 내 삶은 만만치 않았다. 파마머리 세 명은 아파트에서 살았다. 당연히 나도 아파트에서 살게 되었다.

시원하게 낮잠을 자기 위해 타일 위를 휘젓고 다니거나, 잎사귀와 가지가 그려진 이불에다 등을 긁어 본 적이 있는가? 나무가 있어 다리를 올렸더니 나중에 보니 식탁이었고, 조그매도 분명히 야들야들 맛이 기가 막힐 노래하는 새에 홀려서 주둥이 끝도 들어가지 않는 새장 뒤에서 온종일 있어 본 적이 있는가?

단물 밴 신발에 새로 난 이빨을 시험해 보거나, 커튼 한 귀퉁이와 전쟁놀이를 하면 어떤 일이 벌어지는지 아는가? 가장 멀리 달릴 수 있는 곳이 겨우 2미터 83센티미터인, 화장실에서 부엌까지 나 있는 복도를 달릴 때 기분이 어떨지 상상조차 할 수 있겠는가?

큰 파마머리와 작은 파마머리들이 내가 마실 물 그릇 놓는 것을 잊어버리면, 은인인 변기를 우연히 만날 때까지 오후 내내 혀를 쑥 내민 채 어슬렁거려야 하는 고문을 상상할 수 있겠는가? 낡은 속치마를 입고 귀에 리본을 매달고 장난감 차에 실려 산책을 나가면 얼마나 바보 같은 기분이 드는지 말해서 뭐 하겠는가!

작은 파마머리들은 조금도 지칠 줄 모르는, 어마어마한 상상력과 생각으로 꽉 찬 꼬맹이들이었다. 피자 박스를 타고 출렁이는 욕조에서 항해하기, 롤러스케이트를 타고 복도 질주하기, 수저 보관하는 서랍에 잠시 머물러 있기, 다행히 큰 파마머리 덕분에 성공하지 못했지만 세탁기 안에 넣어 빨래처럼 돌리기까지.

물론 보상도 있었다. 잘 빗겨진 귀, 걸레와의 눈부신 전투, 잊을 수 없는 입맞춤, 푸짐한 음식, 몰래 갖다 주는 사탕, 늘 폭신한 이불 위에서 웅크리고 잘 수 있도록 배려해 주는 마음.

어쩌면 나는 먼 훗날 애완견의 운명에 익숙해졌을지도 모른다. 참을성이 있는 나는 수습 애완견의 어려운 시기를 통과해서 결국 공식 애완견이 될 거라고 믿었다. 그런데 그만 재앙이 닥치고 말았다.

그 당시 나는 이미 눈 밖에 날 짓을 차곡차곡 해 둔 상태였다. 신발 두 짝(그것도 다른 신발로), 장갑 한 짝(딱 새끼손가락만, 그렇다고 죄가 줄어드는 건 아니지만), 침대 커버 술 장식 일곱 개를 물어뜯고, 카펫에 백스물두 번 쉬하고, 거실 소파에 두 번 응가를 했다. 하지만 이건 내가 아무것도 모르는 아기 때 일어난 일이고, 그때는 이런 욕구들을 조절하기가 정말 힘들었다.

또 커튼을 잡아당겨 뜯어 놓고, 쓰레기통을 열일곱 번이나 쏟고, 인형 목을 네 개나 잘라 놓고, 얼루기 누나의 잊지 못할 업적을 떠올리며 불에 갓 올려놓은 커다란 비프스테이크를 두 번 낚아챘다.

나는 혼도 많이 났지만, 나중에는 당연히 용서를 받았다. 슬프게도 재앙은 다른 것 때문이었다. 이해할 수 없는 어떤 이유 때문에 그 일은 용서받지 못했다. 그렇다고 사람이 죽거나 다친 것은 아니었다. 모두 멀쩡했다. 듣기로는, 내가 2,455달러를 먹었을 뿐이고, 그게 전부였다.

사실 내가 모조리 먹어 치운 건 아니었다. 덥석 물어뜯고 삼키려고 한 것까지는 인정하지만. 이 일의 가장 큰 책임은 큰 파마머리에게 있었다. 그딴 생각을 한 잘못. 물론 어떤 도둑도 돈을 냉동실에서 찾을 생각은 안 할 것이다. 하지만 돈 봉투를 익히지 않은 햄 옆에 두는 것도 아주 분별 있는 생각은 아니잖은가!

그 돈은 내 삶에서 가장 향기로운 돈이었다. 돈이 조리대 위에서 몇 분간 방치된 채 맛있는 냄새를 풍기고 있을 때, 나는 어떤 일이 벌어질지 헤아리지 않았다. 불행히도 맛은 그 향기만 못했다. 바싹 마르고 싱겁고 연해서 몇 장은 거의 절반쯤 먹다말고, 두 장은 입도 대지도 않았다. 그러나 아무도 그 세세한 것까지는 알아차리지 못한 것 같다.

큰 파마머리가 부엌에 다시 왔다. 돈을 차가운 냉동실에 다시 넣으려고 했던 게 분명하다. 그리고 그때, 내 주위에 흩어져 있는 퍼런색 종이 쪼가리와 개처럼 생긴 어떤 신사 얼굴이 내 왼쪽 입가에 삐죽이 나와 있는 것을 보고, 큰 파마머리는 처음에는 마구 소리를 질렀다. 얼마나 시끄럽게 질러 대는지 나는 귀를 꼭 막고 바닥에 바짝 엎드려 있어야 했다.

그런 다음에 큰 파마머리는 이상스럽게 끙끙대며 울부짖었고, 눈에서는 개울물이 흘렀다. 거기서 나는 이번 재앙이 그

저 그런 일이 아니라는 걸 깨달았다.

큰 파마머리는 나랑 더 이상 같이 살고 싶어 하지 않았다. 하지만 작은 파마머리들은 나 없이 살기 싫다고 했다. 서로가 만족할 수 있는 타협안을 생각해야 했다. 그래서 모두가 다 만족할 수 있도록, 아주 가까이에 사는, 개라면 정신 못 차리는 도라 이모네 집으로 나를 데려가기로 했다.

4

귀 싸개와 인조 꼬리

정말로 도라 이모는 개라면 정신을 못 차렸다. 뿐만 아니라 나는 이모도 정신없는 사람이란 걸 알게 되었다.

이모네 집에는 나말고 개가 두 마리 더 있었다. 하나는 매력적인 것은 인정하지만 새침한 데다 잘난 척까지 하는 새하얀 푸들이고, 또 하나는 볼품없이 조그맣고 머리에 색색의 핀을 적어도 일곱 개는 꽂고 다니는 칙칙한 빛깔의 페키니즈였다.

도라 이모는 이 개들을 받들어 모셨다. 온종일 빗기고, 씻기고, 향수 뿌려 주고, 발톱 손질해 주고, 삐죽 나온 콧수염을 다듬고, 이빨까지 닦아 주었다. 게다가 둘 다 천이 깔린 침대를 가지고 있었다. 푸들은 체크무늬 천, 페키니즈는 물방울무늬 천이었다.

　이모는 산책 나갈 때, 여름에는 실크, 겨울에는 벨벳으로 된 멋진 줄로 개들을 묶었지만, 사실 거리에서 일어나는 온갖 위험을 피하기 위해 대부분 안고 다녔다.

　도라 이모는 순전히 예의상 나를 맡은 것 같았다. 이모가 나를 흘끔 쳐다보았을 때 내게 후한 점수를 주지 않는 눈치였기 때문이다.

　"이름이 뭐야?"

　도라 이모는 마지못해 내 등을 톡톡 두드리며 물었다.

　"이모, 토토예요."

　작은 파마머리들은 자신들이 지은 이름을 뿌듯해하며 똑같이 대답했다.

　도라 이모는 성베르나르도회 수녀 같은 표정을 짓더니 '음' 하고 가볍게 신음 소리를 냈다.

　"이제부터 얘 이름은 '로드'다."

　이모가 말했다.

나는 당연히 군말 없이 받아들였다. 이름이란 것이 사람들에게는 엄청나게 중요한 문제니까. 하지만 속마음을 말하면, 나란 개가 점점 급속히 보잘것없어지는 기분이었다. 귀돌이에서 토토로, 토토에서 로드로……. 다음 번 내 주인은 나를 재채기로 부르는 건 아닐지.

이어서 도라 이모는 혈통, 교배, 털에 대한 놀라운 지식을 늘어놓아 우리 입을 떡 벌어지게 했다. 그제야 나는 깨달았다. 내 다리는 브리타니라 하기에는 너무 짧고, 코커스패니얼이라고 하기에는 너무 길며, 콧수염을 보면 테리어에 가깝지만 귀를 보면 영 딴판이고, 오히려 바세에 가깝다는 사실을. 내 크기나 볼, 다리, 얼굴, 고칠 수 없는 꼬리를 보면 그런 종들과는 절대로 헷갈릴 수 없을 텐데 말이다.

나는 이를테면 달마티안, 콜리, 복서, 세퍼드에서는 제외되었다. 그런 명견이 되기에는 내 모습이 너무 평범했기 때문이다. 그리고 나는 집주인인 푸들과 페키니즈가 던지는 경멸의 눈초리를 보며, 그들의 친척이 되는 것은 꿈도 꾸지 않는 편이 낫겠다고 생각했다.

"어쨌든 뭘 할 수 있을지 보자꾸나."

도라 이모는 한숨을 푹 내쉬었다.

그리고 마침내 이모는 작은 파마머리들 손에서 나를 건네

받으면서 날마다 나를 보러 와도 된다고 약속했다.

이로써 나의 두 번째이자 마지막 수습 애완견 시기가 시작되었다.

처음에 나는 변화를 기쁘게 받아들였다. 도라 이모는 포대기를 주고, 맛 좋고 영양가 높은 음식을 먹이고, 낮잠을 푹 재우고, 마을을 산책하는 데 데리고 나가는 등 내게 복 받은 생활을 누리게 해 주었다. 또 피자 박스에 넣어 항해를 시킨다거나 롤러스케이트에 태워 아슬아슬하게 질주시키는 일 따위는 절대로 하지 않았다.

도라 이모네 집에는 조그만 정원이 있어서, 나는 거기다 촉촉하고 정겨운 우물을 두어 개 만들고 싶은 마음이 든 적이 한두 번이 아니었다. 하지만 물 없이 지낸 적은 없었다. 덧붙여 말하면, 이모네 집에는 스무 개쯤 되는 색색의 물그릇이 여기저기 흩어져 있었다. 도라 이모 말로는 우리가 갑자기 목이 마를 수 있기 때문이라고 했다.

나는 믿을 수 없는 기쁨을 맛보았다. 크림 바른 근대, 감자를 곁들인 닭고기 구이, 버섯 소스를 뿌린 아스파라거스, 노랗게 물들인 밥, 진한 박하 향이 나는 풀……. 도라 이모가 감기에 걸리자마자 우리한테 신기려 했던 불편한 털신에는 끝까지 적응하지 못했지만, 낮잠 자는 동안 내 등에 덮어 준 따뜻한 포대기는 솔직히 참 좋았다.

촌에 가까운 변두리에서 태어나 시골 생활과 철조망, 선인장 열매, 배고픔에 익숙해 있던 나 같은 개에게는 도라 이모네 생활이 천국의 시작 같았다.

하지만 아니었다. 이미 말했듯이 애완견이 되기는 힘들다.

도라 이모는 자기 개들에 대한 자부심이 대단했는데, 그 자부심이 나를 망가뜨렸다. 이모는 자기 개들이 반들반들하고 나무랄 데 없어 보이기를 바랐다. 푸들과 페키니즈를 빗기고, 씻기고, 이빨 닦이고, 털 깎아 주고, 향수까지 뿌려 주었듯이, 나를 보기 좋은 개로 바꾸어 놓으려는 허황된 생각을 가졌다.

내가 보기에는 불가능한 일 같았다.

도라 이모는 나를 개 미용실부터 데리고 갔다.

내가 다시는 미용실 근처에도 안 가려고 몸을 사려서 다른 경험은 못해 봤지만, 사람들도 머리카락을 자르려면 개들과 똑같은 고문을 받아야 하는지 궁금하다. 예를 들어 사람들한테도 입마개를 씌우고, 팔다리를 묶어 차갑고 미끌미끌한 비좁은 침대에 눕혀, 급기야 강력 마취 주사까지 놓는지.

사람들이 비슷한 대접을 받는다 해도 전혀 이상할 것은 없다. 털을 깎는다는 것 자체가 정말로 수치스럽고 고통스러운 일이기 때문이다. 자기 털인데. 어린 시절부터, 갓 태어났을 때부터, 수년 전부터 낮이나 밤이나 함께 있던 털인데. 솜털과 엉겅퀴, 빈대와 냄새, 그리고 끊임없이 싸우지만 삶을 더욱 재미있게 만드는 유쾌하고 친근한 벼룩이 덕지덕지 묻어 있는 털인데 말이다.

나는 털을 깎는 것은 고통스럽고, 부당하고, 건강을 해치는 일이라고 생각한다. 그리고 심각한 결과를 가져온다. 처음에는 쿠션처럼 잠만 자다가, 나중에는 멍해지고, 걷지 못할 정도로 다리 힘이 약해지면서 세상이 뿌옇게 보이고, 그것도 모자라 맨가죽으로 남아 말도 못할 소외감과 외로움과 추위를 느끼게 되기 때문이다.

도라 이모는 콧수염만 놔두고 내 털을 바짝 자르는 편을 택했다. 털이 다시 자라날 때 꼬불거리고 더부룩하고 들쭉날쭉한 털 대신 세터 _{사람을 잘 따라 사냥개나 애완견으로 기르며, 꼬리 아래쪽과 다리 뒤에 고운 털이 있다} 처럼 비단결 같고 축 늘어지는 근사한 털이 나오기를 바란 것 같다.

작은 파마머리들은 나를 잘 알아보지 못했고, 내가 미용을 위해 열일곱 시간이나 마취된 뒤부터 역전 술집 개처럼 언제나 반쯤 취해 계속 비틀거리며 다닌다는 사실을 알고는 도라 이모를 경멸의 눈초리로 쳐다보는 것 같았다.

다 지난 일이지만 미용실 사건은 끔찍했다. 하지만 정말 참기 어려웠던 일은 귀 싸개와 인조 꼬리 사건이었다.

그렇다고 내 불행에 대한 책임이 전부 도라 이모한테 있다고는 생각하지 않는다. 도라 이모 같은 귀한 손님을 잘 대접하려고 말도 안 되는 보조 용품을 수입해 밉살스러운 유리 진열대 위에 죽 늘어놓은 동물 병원 주인에게도 나름대로 책임이 있었다.

끔찍하고 거북하기 짝이 없는 귀 싸개는 얇고 길고 편안하고 모기 쫓기에 그만인, 그래서 그야말로 정이 가는 내 귀 두 짝을 번쩍 치켜 올리는 데 쓰였다. 내 귀를 가죽 끈으로 머리 뒤에서 질끈 동여매고, 그것도 모자라 이것을 가리려고 도라 이모가 갖은 정성으로 짠 모자 같은 것을 푹 씌우니, 나를 보고 웃는 동네 사람이 세 배 넘게 늘어났다. 그 발명품 때문에 내 귀는 대책 없이 머리에서 뚝 떨어지면서 볼썽사납게 구부러져, 귀라기보다는 날개에 가까웠다. 도라 이모는 귀를 그렇게 하니 이국적인 냄새가 나고 훨씬 더 우아하다고 했다.

하지만 도라 이모의 큰 골칫거리는 아주 작은, 거의 단추만 한, 없는 거나 마찬가지인 내 꼬리였다. 이모는 제대로 된 꼬리, 풍성한 꼬리가 나를 품위 있어 보이게 해 줄 거라

고 여겼다. 재수 없는 수의사가 신제품 목록을 꺼내 이모에게 그 유명한 인조 꼬리에 대해 설명을 해 주자 문제가 싹 풀렸다. 일을 처리하는 데는 며칠이 걸렸다. 팸플릿을 보고, 주문서를 쓰고, 마지막으로 결정한 모델을 신청해야 했기 때문이다.

고약한 발명품 같으니라고! 동물 병원 사람들은 꼬리(내 꼬리, 내 진짜 꼬리)를 볼트 안에 쑤셔 넣고 죌 수 있을 때까지 죄더니, 너트 모양으로 된 인조 꼬리를 그 안에 돌려 꼈다. 인조 꼬리는 기다랗고, 무겁고, 성가셨다. 다시는 꼬리를 움직이지 못할 것 같은 기분이 들었다.

얄미운 수의사가 불도그 같은 눈으로 만족스럽게 미소 지으며 도라 이모에게 말하는 소리가 들렸다.

"첫날은 삼십 분만 해 주고, 그 다음 날은 두 시간 해 주세요. 차츰차츰 익숙해져야 합니다."

나는 끝까지 익숙해지지 못했다. 도라 이모가 그 꼬리를 나한테 단 것만으로도 남은 삶 동안 다시는 꼬리를 움직이지 못할 거라는 생각에 영원한 슬픔에 잠겨 들었다.

나는 두 번은 꾹 참고 귀 싸개와 인조 꼬리를 달고 동네를 산책했다. 세 번째는 도망쳤다.

자유의 냄새를 찾아서

우리 개들이 사람들 생각에 절대로 찬성하지 않는 문제가 하나 있다. 사람들은 자유가 이념이라고 말하지만, 우리는 자유가 냄새라고 생각한다. 아주 오래 전부터 입씨름해 오던 문제라서 또다시 토론을 벌이는 일은 의미가 없을 것 같아 딱 잘라 분명히 말하는데, '내' 소설 속에서는 자유가 냄새다. 그게 아니면 냄새의 추억이다.

다른 냄새, 즉 포로 생활의 냄새를 맡아야 할 때 냄새의 추억이 진짜 냄새처럼 파고든다. 이를테면 도라 이모가 끈질기게 내 콧수염에 뿌리는 향수 냄새를 맡아야 할 때 말이다. 아니면 내 이빨을 닦을 때 쓰는 치약 냄새(내친김에 더 말하자면 칫솔 모서리가 내 잇몸에 박히기 일쑤다), 혹은 새침데기 페키니즈와 잘난 체하는 푸들 꽁무니에 붙어 발톱 깎아 주기를 기다릴 때 맡는 깔끔한 손톱깎이 날 냄새, 아니면 괴로운 귀 싸개에 달린 얄미운 가죽 끈의 잊지 못할 가죽 냄새……

포로 생활의 냄새들은 자유의 냄새를 떠올렸다. 하지만 그 냄새들 때문에 내가 일을 저질렀는지는 잘 모르겠다. 다만 확실하고 깊고 절묘한 썩은 잎 냄새가 겨자 냄새와 뒤섞여 비내린 저녁 공기 속에 떠다니다 나한테 이르렀을 때, 나는 결정적인 충동을 느끼고 목숨 걸고 달리는, 돌이킬 수 없는 결정을 내릴 수 있었다.

모든 일이 갑작스럽고도 순식간에 일어나서 기억이 오락가락한다. 이 말을 하는 까닭은, 내 삶에서 그토록 결정적인 사건을 전부 다 말하지 않고 빼먹으면 정신없는 화자라고 손가락질할까 봐서이다.

우리 넷이 길을 가고 있었다. 확실히 기억난다. 페키니즈, 푸들, 나, 도라 이모, 이렇게 넷이었다. 페키니즈와 푸들은 봄이고 공기가 따뜻해서 덧신을 신지 않은 채 늘 하던 대로 이모의 팔 밑에 하나씩 안겨 있었고, 나는 도라 이모의 꽃무늬 옷 허리띠에 매어진 오색영롱한 실크 끈에 묶여 있었다.

우리는 그렇게 동네를 산책하곤 했다. 도라 이모는 우리 넷의 모습이 고상하고 위엄 있어 보인다고 했다. 나는 늘 이 점이 의심스러웠다. 우리가 지나갈 때 사람들이 미소를 짓다가 깔깔거리기까지 하는 것을 보면 우리 모습이 그다지 귀족적이지는 않았던 것 같다.

중요한 것은 우리 넷이 가고 있었다는 점이다. 도라 이모는 흠잡을 데 없는 자기 강아지들에 대한 긍지를 감추지 못한 채 눈을 치켜뜨고 있었고, 나는 얄미운 꼬리를 최대한 멋지게 끌면서 주책없이 귀의 속살까지 스며드는 섬뜩한 바람을 가까스로 참고 있었으며, 페키니즈와 푸들은 맨 꼭대기 전망대에서 순간순간 나한테 경멸이 섞인 으르렁 소리 같은 것을 내고 있었다. 바로 그때, 갑자기 톡 쏘는 새콤달콤한 썩은 잎 냄새가 신선한 겨자 냄새와 뒤섞여 내게 다가왔다.

나는 끌어당겼다. 아무 생각 없이 끌어당겼다. 생각하기 훨씬 전부터 벌써 끌어당기고 있었다. 그 다음 일은 모두 뒤죽박죽이다. 나는 그저 어질어질했고 냅다 달렸을 뿐이다.

누군가 소리치고, 곁눈질로 보니 손 서너 개가 나를 가리키는지 허공을 찌르고, 저만치에서 꽃으로 장식한 도라 이모가 펄쩍펄쩍 뛰고, 내가 멀리 도망칠수록 점점 '옛' 동료가 되어 가는 페키니즈와 푸들이 날카롭게 짖어 댄 것이 기억난다.

하지만 가장 생생한 기억은 실크 끈이 도라 이모의 하얀 허리띠를 끝에 매단 채 질질 끌려오면서, 아스팔트를 스치고 불꽃을 튀기며 고양이 울음소리 같은 소음을 낸 것이다. 또 달리는 동안 내 코는 닿았다가 사라져 버리는 냄새를 찾고 있었다는 것이다.

나는 아무 생각도 하지 않았다. 달리는 동안 아무 생각도 하지 않았다. 하지만 분명히 커지는 것을 느꼈다. 내 이름이 점점 커지면서 로드에서 토토가 되고, 그런 다음 곧바로 귀돌이가 되는 것을 느꼈다. 하지만 이름이 커지는 느낌말고는 아무런 느낌이 없었고, 내 안으로 뛰어들어 온 그 냄새만 느껴졌을 뿐이다.

나는 달렸다. 철로 옆으로 난 철둑을 따라 멈추지 않고 달리다가, 마침내 몸을 숨기고 숨을 돌리기에 안성맞춤인 듯한 움막 곁에 헐떡이며 멈추어 섰을 때에도 아무것도 생각하지 않았다.

나는 몹쓸 귀 싸개가 떨어져 나갈 때까지 풀밭에 머리를 비비는 일에만 신경을 썼다. 마침내 귀 싸개가 떨어지면서 끝에 벨트를 매단 오색영롱한 끈이 함께 풀려 나갔다. 그리고 제법

밤이 깊어질 때까지 이 영광스러운 날, 유일하게 내 기분을 망친 끔찍한 인조 꼬리를 떼어 내려고 애써 보았지만, 슬프게도 헛수고로 끝났다.

나는 어둠 속 세상을 보기 위해 앉았다.

머리를 세차게 흔들었다. 엉경퀴가 떨어졌다. 나는 엉경퀴 냄새를 맡아 보고, 발로 굴렸다. 그제야 내 발이 생각났다. 굳은살이 박인 발을 질경질경 씹어서 가시를 빼냈다. 그리고 고개를 숙여 다리 사이에 얼굴을 파묻고는 땅바닥에 엎드려 그날 아침에 내린 비 냄새를 맡았다. 그런 다음, 옆으로 누워 코를 벌려 공기를 몸 안 가득 채우고 한가로이 발을 쭉 폈다.

저만치, 그다지 멀지 않은 곳에서 종소리처럼 쏟아지는 개구리들의 울음소리, 내 앞에서 반짝반짝 불을 켰다 끄는 벌레들, 떴다가도 스르르 감기는 내 눈, 제 모습을 찾은 내 귀를 흔드니 행복하게 달아나는 모기, 덜컹거리는 기차, 그리고 나서 다시 찾아든 고요함, 코에 어려 있는 멋진 냄새의 추억.

그런데 갑자기 내 몸 저 깊은 곳, 배 속 저 깊은 곳을 쿡 찌르는 것이 느껴졌다. 또다시 배고픔이었다. 배고픔이 나를 부르고 있었다.

음악이 나오는 뼈를 가진 갈비씨

내가 자유와 배고픔 가운데에 있을 때, 내가 건들지도 않은 줄기들이 움직이고, 내가 아닌 누군가가 헐떡이고, 그러니까 내 땅에 나 혼자만 있지 않다는 것을 알아차렸다.

갈비씨였다(갈비씨도 개라는 사실을 아는 데는 시간이 조금 걸렸다).

강아지 시절에 나는 빼빼 마른 개들을 많이 알고 지냈다. 멀리 가지 않더라도 이미 말했듯이 우리 엄마는 뼈밖에 없을 만큼 깡말랐고, 농장에 먹이를 얻으러 가던 개 가운데 귀가 얇은 잿빛 개가 있었는데 얼마나 말랐는지 남동풍이 몰아치는 날 다른 동네까지 날아갔다. 하지만 아무리 그래도 갈비씨한테는 명함도 못 내민다.

갈비씨는 너무나, 너무나도 말라서 거의 소리만 있을 뿐이었다. 달릴 때 뼈가 내는 소리 말이다. 가지가 흔들리고 누군가가 헐떡거리고 난 다음 내가 알아낸 것이었다. 몸속에서 서로 부딪혀 나는 듣기 좋고 율동적이며 달그락거리는 뼈 소리 말이다.

뼈 소리는 내가 뱀 굴을 찾으려고 한동안 열심히 휘젓고 다니던 회향풀 가까이까지 들렸고, 소리가 나고 한참 뒤 상당히 크고 거무스름한 두 눈이 다가왔다. 눈은 얼굴 없이 저 혼자 공기 중에 둥둥 떠 있는 것처럼 보였다. 하지만 잘 보니, 불쌍한 눈은 얼굴을 가지고 있었다. 단지 얼굴이 종잇장처럼, 뾰족한 칼처럼 너무도 가냘팠을 뿐이다. 조금 주름지고 나비처럼 공중에 떠 있기는 해도 귀가 두 개 붙어 있어서 나는 의심을 풀고 마침내 머리를 찾을 수 있었다.

그러자 눈 달린 소리가 반 바퀴 휙 돌았고, 그제야 나는 그것이 나와 같은 종족, 즉 개라는 것을 알 수 있었다. 나처럼 잘 알려지지 않은 혈통의 개 같았지만, 다리가 산들바람에 털실처럼 날리고 갈비뼈가 갈퀴질을 해도 될 만큼 가지런하고 멋져서 훨씬 더 이국적으로 보였다.

나는 해 오던 대로 구석구석 갈비씨의 냄새를 맡아 보다가 그만 당황하고 말았다. 한껏 코를 벌름거리고 냄새 맡는 기술을 모조리 동원해 보았지만, 내 새 친구의 듬성듬성 난 털에서는 음식 냄새의 흔적을 도무지 찾을 수 없었다. 고기 조각도, 기름기에 대한 추억도, 할미새 뼈다귀든 털이 붙어 있는 살코기든, 하다못해 빵 부스러기나 포도주, 우유 탄 홍차 한 방울의 냄새조차도. 아무 냄새도 없었다.

가엾은 갈비씨는 물처럼 깨끗했다. 나는 갈비씨가 언제 마지막으로 저녁밥을 먹었을까 생각했다. 적어도 오십 일 전부터 빵 껍질도 구경하지 못한 듯싶었다.

갈비씨 역시 보일락 말락 가냘프긴 해도 코란 것을 가지고 있어서, 나름대로 정성스럽게 내 냄새를 맡았다. 갈비씨는 크림 바른 근대 조각(도망친 날 아침 식사였음), 버터 바른 토스트 부스러기, 맛있는 튀김 조각, 강장 시럽 한 방울, 잼 등 내가 자유에 대한 미친 열망 때문에, 어떤 냄새를 쫓아야 했기 때문에 곧장 포기해 버린 복 받은 생활의 씁쓸한 맛 가운데에 흐뭇하게 멈추어 서 있었다.

갈비씨는 동정심을 불러일으켰지만, 나는 갈비씨를 내 친구로 삼을지에 대해서는 주저하고 있었다. 한편으론 배고픈 친구는 쓸모가 있을 것 같았다. 배고픈 개가 배부른 개보다 먹을 것을 찾을 확률이 더 높기 때문이다. 하지만 또 한편으로는 갈비씨의 솜씨를 믿을 수가 없었다. 그토록, 그토록 오래 전부터 먹지 못한 개가 먹이를 찾는 데 별다른 재주가 있을까 싶었던 것이다.

내가 결국 꼬리를 흔들며 갈비씨를 받아들이고 편리한 공동생활을 제안하기로 결정하리라고는 생각지도 못했다. 그런데 가까운 곳에 버려진 녹슨 깡통이 흔들렸고, 깡통 뒤로 제법 통통한 회색 쥐가 얼굴을 쏙 내밀었다.

갈비씨와 나, 우리 둘은 동시에 그 장면을 보았다. 그리고 놀랍게도 우리는, 모두가 벌벌 떠는 오래된 사냥 패거리처럼, 곧바로 멋진 사냥에 들어갔다.

갈비씨는 내 입이 떡 벌어질 정도로 춤을 추기 시작했다. 다시 말하면, 갈비씨는 이내 미친 듯이 뱅글뱅글 달리기 시작하더니, 우스꽝스럽게 두세 번 팔짝팔짝 뛰고, 두어 번 평범하게 흔들흔들하고, 귀를 벅벅 긁으면서 절정에 이르렀다. 그 결과 뼈들이 아주 음악적이고 율동적으로 덜그럭거렸는데, 놀랍게도 그 소리는 계속 울려 퍼졌다.

놀라움이 가시자마자 나는 쥐가 나보다 더 놀라 반쯤 최면이 걸려 생소한 음악이 흘러나오는 곳에 눈을 박고, 어쩔 줄

몰라 하는 모습을 아주 만족스럽게 지켜보았다. 솔직히 말하면, 쥐가 어쩔 줄 몰라 하는 틈을 타 나는 시간을 끌지 않고 펄쩍 뛰어 덮쳐서, 순식간에 쥐를 간식 겸 저녁밥 겸 점심밥 겸 아침밥으로 만들어 버렸다.

함께 얻은 전리품이었기에 우리는 나누어 먹었다. 먹이가 충분했다고는 할 수 없지만 한순간이나마 우리의 배고픔을 잠잠하게 만들 수는 있었다.

사실 내 배고픔만 잠잠해졌다. 갈비씨는 만성적인 배고픔에 시달렸나 보다. 먹는 것에 익숙하지 못한 탓인지 먹은 지 얼마 되지 않아서 뭘 먹었다는 것조차 잊어버렸다. 가엾은 갈비씨는 먹은 것을 몸속 어떤 길로 내보내야 하는지 기억조차 못하는 것 같았다.

갈비씨가 내 인조 꼬리를 물어뜯어 푸는 것을 도와주면서 우리의 우호 조약은 완성되었다. 비록 나는 녹이 슬고 낡아 바스러질 때까지 볼트를 한참 더 차고 다녀야 했지만, 크게 한숨 돌렸다. 나는 본래의 모습으로 돌아온 내 조그만 꼬리를 마냥 즐겁게 흔들었다.

그것은 성공적인 동맹의 시작이었다. 동맹 관계는 우리에게 줄줄이 소시지나 구운 고기 토막, 하다못해 훌륭한 피자 조각이나 초콜릿 바, 소시지 샌드위치 등을 가져다주었다.

시간이 지나면서 우리는 기술을 갈고 닦아, 재주와 속도와 숨바꼭질에서 경이롭다고밖에는 달리 표현할 길이 없는 경지에 올랐다. 지금도 그 방면에서 진정한 고수라고 생각되는 얼루기 누나의 부러움을 살 만했다(그러면서 우리는 사람들이 쥐처럼 쉽게 주문에 걸린다는 것과 음악광이란 사실을 알아냈다).

방법은 거의 늘 같았지만, 사냥감이 어디에 걸려 있느냐, 어디에 보관되어 있느냐, 그리고 우리가 살펴야 할 경쟁 상대가 누구냐에 따라 세부적인 사항들이 달라졌다(손에 칼을 든 뚱뚱보 고깃간 아저씨와 할머니 손을 붙들고 있는 유치원 꼬마는 명백히 다르다).

늘 갈비씨가 먼저 다가갔다. 갈비씨는 자기 모습이 잘 보이지 않는다는 걸 이용해 어떤 곳이든 사람들이 눈치 채지 못하게 쉽게 지나갈 수 있었다. 나는 잔뜩 몸을 웅크린 채 조심조심 발을 내딛고, 숨을 만한 곳이 나타날 때마다 몸을 숨기면서 뒤따라갔다. 그러다 내가 사냥감을 물기 편한 장소에 자리 잡는 것을 보면, 그 즉시 갈비씨는 뛰쳐나와 야단스러운 춤을 추며 자기를 드러내기 시작했다.

갈비씨는 춤에 소질이 있어서 새롭고 놀라운 리듬을 개발해 냈다. 갈비씨는 시선을 끌고야 말았다. 뼈들이 서로 부딪히는 소리, 거침없이 날렵하게 딱딱거리는 소리에 놀라지 않는 사람, 매료되지 않는 사람은 아무도 없었다.

어떤 사람들은 한술 더 떠 음악과 리듬에 흠뻑 빠져 여러 번 손가락으로 톡톡 소리를 내면서 몸과 고개를 흔들었고, 어떤 청년은 기타를 가지러 집으로 뛰어가기까지 했다. 음악에 그다지 민감하지 않거나 신중한 사람들은 소리가 나는 곳을 뚫어지게 보고 있다가 유별나게 마른 개의 그림자 같은 것을 발견하고는 깜짝 놀랐으며, 조금 나쁜 경우에는 벼룩, 이, 빈대에 대해, 그리고 더 나쁜 경우에는 박테리아, 바이러스, 광견병에 대해 말하기 시작했다.

중요한 것은 음악가로든 광견병에 걸린 개로든 갈비씨는 언제나 오랫동안 우리의 즉흥 무대 주위에 있던 사람들의 눈길을 끌었고, 나는 그 틈을 타 기어올라야 할 곳에 기어오르고 뛰어올라야 할 곳에 뛰어올라 우리가 눈독 들인 점심감을 조심스럽고 비밀스럽게 확 낚아챘다는 점이다.

내가 숨을 만한 곳까지 충분히 멀리 도망치면, 갈비씨는 그제야 추던 춤을 돌연 멈추고 박수도 기다리지 않은 채 무대 밖으로 퇴장했다. 사람들은 최면에서 깨어나 이런저런 논평을 하고는 제 갈 길을 갔다.

그들한테는 애석하게도, 하지만 나한테는 행복하게도 이미 기차는 떠난 것이다. 나는 벌써 멀찌감치 떨어져서, 참을 수

없는 소시지나 희끄무레한 창자, 혹은 우리의 고기 먹는 습성
에는 적당하지 않지만 어쨌든 기를 쓰고 살아 보려는 개에게
는 대환영인 메뉴들로, 누구 말처럼 한상을 버젓이 차려 놓고
내 동료인 갈비씨를 기다리고 있었기 때문이다.

　변명을 하자면, 우리는 항상 배가 고파서 훔쳤을 뿐이다.
끔찍하게 콕 찌르는 듯한 고통이 시간이 다 되었다는 신호를
보내기 전에는 절대로 훔치지 않았고, 가능하면 항상 고기가
넘쳐 나는 고깃간을 습격했으며, 극도로 긴급할 때에만 한눈
파는 어른이나 아이의 음식을 빼앗았다.

　우리가 구걸이라는 옛날 방식을 쓸 수도 있지 않았느냐 말
할지도 모르겠다. 우리는 두 가지 이유 때문에 그렇게 하지
않았는데, 내 생각에는 둘 다 이유가 확실하다.

　우선, 머리털이 곤두설 만큼 후줄근한 갈비씨나 더럽고 옴
이 묻어 있을지도 모르는 나나 연민을 불러일으킬 만큼 매력
적인 모습을 가지고 있지 않았다. 우리는 이미 상냥한 복슬강
아지가 아니라 사실 다 자란, 더 정확히 말하면 약간 구부러
지기 시작한 청년 개여서 연민을 불러일으키기보다는 돌멩이
를 던지게끔 했다.

　그리고 또 한편으로, 나는 수습 애완견 경험이 있어서, 특
히 고집불통인 도라 이모와 함께 힘겨운 두 번째 수습 애완견

시기를 보낸 적이 있어서, 길들여지는 것이 좋다는 것을 믿지 않았다. 결국 자유를 지키기 위해서는 내 힘껏 되는대로 배고 픔을 해결할 수밖에 없다는 것을 깨달았던 것이다.

풋사랑의 맛

잔치는 생각만큼 오래 지속되지 않았는데, 우리가 살아 보려고 생각해 낸 방법이 효과가 없어서는 아니었다. 그 방법은 효과가 있었고, 우리는 거의 거장들처럼 아주 훌륭한 기술을 선보였다. 하지만 어쩔 수 없는 일이 벌어졌다. 갈비씨의 뼈가 사라져 버린 것이다.

식물의 잔뿌리, 창자, 기름, 껍질, 여러 동물의 비계를 먹어 치우다 보니, 갈비씨 옆구리의 갈퀴가 차츰차츰 지워지고, 털이 뒤덮이고, 주둥이 같은 것이 보이기 시작하더니 눈 밑으로 볼, 턱, 콧수염까지 드러났다. 갈비씨는 천천히 바뀌었다. 하지만 천천히 바뀌다 보면, 바뀌었다는 것을 너무 늦게 깨닫게 되고, 그때는 상황이 완전히 달라져 있는 법이다.

그리고 이 경우 달라진 것은 고요함이었다. 한마디로 말해서 전에는 연주회였는데, 이제는 팬터마임 몸짓과 표정으로 하는 연기이었다.

어느 날, 어느 불길한 날, 맛이 그만인 털이 갓 뽑힌 닭 서른두 마리가 갈고리에 걸려 있는 상자 앞에서 우리의 일과를 준비하던 그 시점에 갈비씨가 꿀 먹은 벙어리가 되었다.

다시 말하면, 갈비씨는 늘 하던 대로 멋진 리듬으로 춤을 추기 시작했지만 음악도, 딱딱 소리도, 뚜두둑 소리도, 달그락 소리도 없었다. 아름답지만 소리 없는 춤이어서 어느 누구도 매료시키지 못했다. 겨우 한 사람만이 곁눈질로 흘긋 쳐다봤는데, 갈비씨를 예술가라기보다는 길 한복판에서 창피한 줄도 모르고 긁적거리는 벼룩투성이 짐승으로밖에 생각하지 않는 것 같았다.

그리고 여러 명이 내가 있는 쪽을 곁눈이 아니라 정면으로 쳐다보았다. 그들은 나를 발견했다. 갈고리에서 나를 바라보며 "전 당신 거예요" 하고 말하는, 눈독 들인 닭 위로 껑충 뛰어오르는 내 모습을 발견한 것이다. 나를 발견한 사람들이 내게 달려왔다. 그들은 나를 붙잡아 때리고, 방망이로 두들기고, 발길질하고, 돌을 던졌다.

만일 내가 구둣발 밀림에서 도망쳐 나와 철둑에 있는 우리 안식처로 미친 듯이 달려가지 않았다면, 그들에게 칼이라도 맞았을지 모를 일이다. 나는 안식처에서 벌벌 떨며 상처를 핥고 피멍을 문질렀다.

갈비씨도 제 몫을 챙겨 맞고서, 자신의 음악적 재능을 순식간에 잃어버린 것에 대해 어쩔 줄 몰라 하며 내게로 왔다. 갈비씨는 고개를 떨군 채 나를 쳐다보았다. 비난받을 줄 알았던 모양이다.

하지만 나는 갈비씨가 음식의 유혹에 홀딱 넘어갔다고 해서 비난할 개는 아니다. 그래서 우리는 서로 바라보고, 서로 냄새 맡고, 한숨짓고, 옛 시절에 안녕을 고했다. 세상은 회전목마와 같이 돌고 도는 것이어서 눈 앞의 성공을 홀랑 뒤집어 놓기도 하고 때론 우리를 성공에서 멀찌감치 떨어뜨려 놓을 때도 있다는 것을 단박에 깨닫게 된 것이다.

다음 날, 충격에서 조금 회복된 우리는 배고픈 개들에게 덜 까다롭게 굴고, 더 친절하게 대해 주는 다른 마을을 찾아 나섰다.

우리는 쥐나 기니피그, 뱀, 두꺼비(나는 엄마의 까다로운 입맛을 물려받지 않아서 양서류를 아침밥으로 먹을 준비가 되어 있었다)를 발견하지 않을까 가슴 졸이며 간간이 침목을 뛰어 넘으며 철길을 따라 걸었다.

운이 없었는지, 아니면 약삭빠르지 못해서였는지, 우리는 점심거리가 될 만한 살아 있는 동물을 한 마리도 찾아내지 못했다. 하지만 그 대신 비닐봉지들과 완두콩 네댓 알이 숨어 있는 빈 깡통 두어 개, 끈 달린 큼지막한 신발 한 켤레를 발견했다. 갈비씨는 혐오스럽게 아무 냄새도 없는 비닐봉지들을 끈질기게 씹어 댔다. 우리는 빈 깡통 안을 살펴보다 상처를 입기도 했지만, 다행히도 침과 끈기로 말랑해진 신발을 찾아서 많은 영양을 보충할 수 있었다.

길을 떠난 지 이틀째 되던 날, 우리는 철둑 옆 늘 보랏빛 초롱꽃으로 뒤덮여 있는 철조망 뒤에서 처음 보는 동물을 발견했다.

그 동물은 트럭처럼 컸지만 연기도 나지 않고 부르릉거리지도 않았다. 털은 없었다. 이 점은 좀 께름칙하다. 색은 쥐색, 더 정확히 말하면 오래 묵은 때 색이었다. 가죽은 신발 가죽 같았지만, 분명히 신발은 아니었다. 왜냐하면 위에 발을 얹어 놓지 않고도 스스로 움직일 줄 알았기 때문이다. 게다가 신발이라면 절대로 있을 수 없는 눈이 있었고, 내 것 부럽지 않게 커다랗고 펄럭이는 귀도 있었다.

하지만 가엾은 그 동물은 뒤죽박죽 기형으로 태어난 모양이었다. 눈 사이에 주둥이나 코 대신 동그랗고 말랑말랑한 팔이 크고 굵고 기다란 순대같이 쑥 나와 있었고, 팔 끝에 달린 짤막한 손가락 두 개를 위아래로 흔들고 있었기 때문이다(아마도 우리가 오는 것을 보고 순전히 반가운 마음에 인사하는 것 같았다).

하지만 아는 체하는 것은 신중해 보이지 않는 것 같아서, 우리는 오히려 철길에 바짝 엎드려 그 동물을 살폈다.

그 동물은 마침내 인사하는 것에 지쳤는지 순대 팔을 다른 데 이용하기로 마음먹은 것 같았다. 순대 팔을 담가에 핀 초롱꽃을 향해 뻗고선 팔에 달린 손가락 두 개로 그 줄기를 뽑았다. 그리고 나서 팔을 접더니(이 말은 꼭 하고 넘어가야겠는데, 그것도 아주 우아하게 접더니) 초롱꽃을 입 속에 집어넣었다(팔 밑에서 열렸다 닫히는 까치 주둥이처럼 뾰족한 틈새를 입이라고 부를 수 있다면 말이다).

우리는 그 가엾은 덩치가 야채 샐러드라면 사족을 못 쓴다는 것을 알아내고는 안도의 한숨을 쉬었지만, 그렇다고 경계를 늦추지는 않았다. 우리는 불쌍한 개라서 항상 조심했다.

바짝 엎드린 채 멀찌감치 떨어져 있다가, 기회가 생기자 엄청나게 큰 짐승이 사는 곳에 먹을 양식이 풍부한지 보려고 철조망에 나 있는 구멍으로 미끄러져 들어갔다.

처음에는 먹을 것은 보이지 않고, 난생처음 보는 커다란 신발 같은 짐승들이 보였다. 가만히 생각해 보니, 그 짐승들은 너무, 너무도 못생겨서 절대로 애완견 자리는 구하지 못할 것 같았다.

그들 가운데 한 마리는 털이 북슬북슬하고, 꼬리가 짧고, 짧은 털이 나 있었으며, 머리에 핀은 꼽지 않았지만 빛깔이 칙칙한 게 꼭 도라 이모네 페키니즈 같았고, 사람처럼 두 발로 걸어 다녔다. 그 짐승은 빈 물통을 이리저리 질질 끌고 다니다가 간간이 물통을 바닥에 내려놓고 앉아서 머리를 긁었다. 게다가 도라 이모가 우리한테 입힌 스웨터보다 더 우스꽝스러운 물방울무늬 치마를 입고 있었다.

그곳에 풀려 있는 나머지 세 마리는 그런대로 봐 줄 만했다. 말처럼 생겼지만 머리에 깃털이 나 있는 것을 보면 이름 모를 어떤 새와의 교배종임이 틀림없었다.

그들말고도 괴물이 하나 더 있었는데, 다행히 풀려 있지 않고 카나리아처럼 새장에 갇혀 있었다. 내가 이렇게 말하는 까닭은 그 괴물이 고양이를 무척 닮았기 때문이다. 나는 고양이는 절대로 믿지 못할 동물이라고 생각한다.

나보다 경계심이 적고, 더 굶주린 갈비씨는 주저하지 않고 길을 가로질러 침대처럼 생긴 창문 없는 집으로 향했다. 그 집은 고삐에 묶여 있어서 가죽 텐트처럼 보였다.

잠시 뒤 사람들이 보이기 시작했다. 그들 가운데 몇몇은 도라 이모의 손을 거쳐 간 듯했다. 아주 괴상한 옷을 입고, 덧신을 신고, 수염을 땋았으며, 모르긴 몰라도 귀 싸개도 할 것 같았다. 어쨌든 그 사람들은 우리한테 관심이 없어 보였다. 아니 그보다 더했다. 자존심이 상하게, 우리 따위는 눈에 보이지도 않는 것 같았다.

그 순간 나는 우리가 이틀을 꼬박 굶어서 결국 보이지 않게 되었나 하는 의심이 들었다. 하지만 나는 갈비씨가 뼈 소리는 못 내지만 귀를 벅벅 긁어 대는 모습을 보고는, 사람들이 매력적인 동물들에 둘러싸여 너무 바쁜 나머지 두 마리의 떠돌이 개한테 신경을 쓰지 않는다는 결론에 이르렀다.

우리는 고삐로 묶여 있는 집 뒤에서 드럼통을 발견했다. 커다란 드럼통이었다. 드럼통은 꼭대기까지 맛있는 쓰레기로 꽉 차 있었고, 손닿는 곳에 있었다. 늘 철조망에 걸려 있어서 카나리아처럼 손을 넣을 수 없던 우리가 막 지나쳐 온 마을의 비닐봉지와는 달리.

고기 먹기 원정에서처럼 생각할 여지가 없었다. 드럼통은 완전한 요리, 향기로운 요리, 하루 종일 햇빛을 받아 따끈따끈한 요리 같은 거였다. 드럼통 안에 있는 것이 국수 가락인지 끈인지 또는 소뼈인지 너트인지 분간하기 어려웠다. 모든 것이 거무죽죽했지만 매우 영양가 있어 보이는 국물에 젖어 있어서 우리 같은 배고픈 개에게는 그만이었다.

우리는 풍랑 이는 바다를 기쁨에 젖어 탐험했고, 노력한 대가를 얻었다. 갈비씨는 통감자 두 개와 껍질 한 개, 그리고 나는 살점이 붙은 뼈 한 개와 옥수수 다섯 알이 붙은 옥수숫대 한 개를 발견했던 것이다.

그 마을은 우리가 정착하기에 적당해 보였다. 그리고 암캐가, 모든 암캐 가운데 가장 아름다운 그 암캐가 풀 냄새를 맡으러 밖으로 나오자, 내게는 그 마을이 살기에 적당한 정도를 넘어서 솔직히 매력이 철철 넘치는 곳 같아 보였다.

그 암캐는 내 맘에 꼭 들게 새하얗고, 매우 아름답고, 털이 복슬복슬하고, 주둥이가 뾰족한 데다, 눈이 반짝반짝 빛나고, 귀는 꼿꼿한 데다 끝이 살랑살랑 흔들려서 축 늘어진 내 귀를 완벽하게 보완해 줄 것 같았다. 그리고 무엇보다도 황홀한 냄새를 풍겼는데, 그 냄새는 그녀 주위를 둥둥 떠다니며 그녀가 손질 안 된 수풀 속으로 들어가는 동안 나더러 가까이 오라고, 전혀 상상하지 못한 새로운 기쁨을 기약하는 향기로운 구름 속으로 들어오라고 부르는 것 같았다.

나는 드럼통을 내버려 둔 채 나머지 전리품을 기꺼이 갈비 씨에게 양보하고, 난생처음 배고픔을 뒤로 한 채 내 코에 이끌려 수풀 속으로 들어갔다.

그 암캐에게 다가간 순간 그녀가 새침데기가 아니란 걸 알았다. 암캐는 더 이상 냄새를 풍기지 않았다. 그리고 여러 번 고개를 돌려 날카로운 새하얀 이빨을 드러내고는 내 옆구리를 물기까지 했지만, 곁에 안쓰럽게 생긴 내가 있는 게 싫지는 않은 모양이었다.

나는 꽤 오랫동안 그 암캐 뒤를 따라갔다. 그 암캐는 멀리 있는 수풀까지 달려가서 나를 기다렸다. 바로 이 몸을 기다렸다. 믿지 못할 일이었다. 부스럼, 옴투성이인 이 몸을 기다렸던 것이다. 내가 그 암캐가 있는 곳까지 달려가면, 그 암캐는 내가 코앞에 다가갈 때까지 기다렸다가 다시 달려가 나를 기다렸다.

그래서 나는 용기를 냈다. 확신에 차서 그 암캐를 쫓아다녔다. 그 암캐는 내가 다가가도록 내버려 두었다. 나를 받아들인다는 의미였다. 내 심장은 두근거리고 온몸은 산산조각이 났다. 그래서 나는 그 암캐 등으로 기어올라 나를 미치게 만드는 냄새를 내 것으로 만들었다. 그 암캐의 따뜻한 털이 내 배를 간질였다.

그리고 잠시 동안, 아주 잠시였을 테지만 동시에 영원 같았던 그 시간 동안, 나는 아무것도, 그 순간에 얻은 것말고는 아무것도 필요하지 않았고, 배고픔도, 가난도, 나를 기다리고 있을지도 모르는 불행도 다 잊었다. 어릴 적 넘쳐흐르는 엄마 젖을 꼭 붙들게 되었을 때처럼 나는 또다시 세상에서 가장 행복했다. 모든 행복을 거머쥔 개가 되었다.

대포알 개, 인사하는 개

나는 사랑의 땅에서 맛본 희열 때문에 조금 어지러운 상태로, 그때까지도 드럼통을 휘젓고 있는 갈비씨 곁으로 돌아왔다. 결정은 이미 나 있었다. 우리는 그곳, 행복이 발끝에 닿을 듯한 신기한 장소에 머물기로 한 것이다.

처음에 우리는 일자리를 구하려 들지 않았다. 이틀 동안 수풀 속에 숨어 지내면서 귀를 쫑긋 세운 채 새로운 게임의 법칙이 어떤 것인지 알아보기 위해 보고, 듣고, 냄새 맡았다.

우리는 사람들이 눈에 띄지 않으면, 우리의 은인인 드럼통을 덮쳤다. 그러면 조금 뒤에 이쁜이(나는 그 암캐를 그렇게 부르기로 했다)가 우리가 숨은 곳 근처로 밤 산책을 나왔다. 나는 이쁜이와 함께 얼마 전 발견한 찬란한 사랑의 땅으로 또 다시 소풍을 떠났다.

한두 번쯤 갈비씨도 참을 수 없는 향기에 빠져서 이쁜이한테 다가갈 기미를 보였다. 하지만 나는 내 행복을 지키기 위해 이빨을 드러내 겁을 줬고, 갈비씨는 금세 뒷걸음질쳤다. 하지만 우리 사이에 이쁜이가 불화의 씨앗이 되지는 않았다. 갈비씨에게 사랑은 배고픔 다음이었기 때문이다. 갈비씨의 행복은 드럼통 안에 있었다. 드럼통은 영양가가 많을 때도 있고 적을 때도 있었지만, 언제나 배에서 느껴지는 찌르는 듯한 고통을 잠재우기에 충분했다.

우리는 며칠 동안 슬며시 지켜봤고 상당히 많은 것을 알아냈다. 나는 예전에 사람들과 함께 지낸 경험으로 사람들과 관계를 맺기 위해서는 이름이 중요하다는 것을 알기에 이름에 각별히 신경을 썼다.

삼사 일 동안 우리는 편하게 생활하는 데 필요한 작은 용어사전 하나를 만들었다. 괴물보다 더 거대한 고삐로 묶인 집은 서커스 공연장이고, 끝에 순대를 달고 잠을 자던 신발은 코끼리, 두 발로 서 있던 페키니즈는……. 용어 사전을 다 만들고 보니 우리는 일자리를 구할 수 있을 것 같았다. 힘들어 보이지 않았다. 우리도 예술가이니…….

우리는 이쁜이가 늙고 털이 반쯤 벗겨진 다른 개 두 마리와 함께 강아지 쇼에 출연한다는 것을 척 보고 알 수 있었다. 그 쇼에서 이쁜이는 개가 사람과 똑같이 할 수 있다는 것을 보여주려고 안간힘을 썼다.

쉬운 일은 아니었다. 이쁜이가 반짝반짝 빛나는 망사 옷을 입고 밧줄 위에서 균형을 잡고 있는 동안, 할머니 개 두 마리는(할머니로밖에 보이지 않았기 때문이다) 밧줄을 이빨로 물고 있었다. 빨간색 옷을 입은 여자가 계획대로 모든 쇼가 착착 진행되는지 감시하고 있었다. 그게 다. 쉬운 일처럼 보이지는 않았다.

우리는 기척을 냈다. 나는 귀가 큰 개가 지을 수 있는 가장 멋들어진 표정을 지어 보였고, 갈비씨는 소리가 안 나기는 하지만 그 유명한 춤 묘기를 선보였다. 마침내 우리는 눈길을 끌었다. 서커스 사람들은 우리를 고용했다. 이쁜이의 고색창연한 두 할머니가 언젠가는 공연을 못하게 될 것을 염려했기 때문인 것 같았다.

우리 둘 가운데 진짜 예술가는 언제나 갈비씨였지만(갈비

씨처럼 몸으로 예술을 보여 줄 수 있는 개는 그리 많지 않다), 서커스 사람들은 친절하게도 우리 둘 다를 고용했다. 갈비씨는 대포알 개로, 나는 인사하는 개로.

우리는 곧바로 우리가 날마다 해야 할 일을 익혔다. 우리 차례는 두 부분으로 나뉘었다. 첫 부분에서는 이쁜이가 줄타기를 했고, 다음으로 갈비씨가 번쩍이는 줄무늬 옷을 입고 별이 잔뜩 그려져 있는 망토를 두른 채 무대 중앙에 있는 황금빛 대포에서 발사되었다. 뻥 소리와 함께 자욱한 연기 속으로 날아간 갈비씨가 계단으로 곤두박질치면 대단원의 막이 내렸다. 심벌즈 소리, 음악 소리가 나면, 나는 두 발로 서서 해 그림이 그려진 깃발을 입에 물고 모래밭을 여러 번 돌았다.

쉬운 일이 아니었다. 절대로 쉽지 않았다. 두 발로 걷기가 무척 힘이 들었고, 등이 끔찍하게 아팠다. 갈비씨도 활짝 열린 귓속으로 파고드는 무시무시한 폭발 소리를 참아 내기가 쉽지 않았을 것이다. 하지만 우리는 노력했다. 떠돌이 개가 일자리를 얻기는 그리 쉽지 않기 때문이다. 빨간 옷을 입은 여자는 이따금 우리 머리를 톡톡 두드리고, 입 속에 설탕 덩어리를 넣어 주곤 했다.

우리는 대여섯 번 연습을 하고 나서, 관중들이 지켜보는 가운데 휘황찬란한 불빛 아래에서 첫 무대를 가졌다. 대성공이었다. 내가 겸손하지 못해서 이렇게 말하는 것이 아니다. 사람들은 굉장히 많이 박수를 쳤다. 마지막에는 감동적이기까지 했다.

우리는 모두 흐뭇했다. 입에 설탕 덩어리를 물고 이쁜이와 나는 두 발로 팔짝팔짝 뛰며 인사를 했고, 우주로 여행을 다녀온 터라 지친, 그러나 행복한 갈비씨는 계단을 내려와 이미 오래 전에 소리를 잃었지만 여전히 이색적이고 영감 있는 춤을 추며 숭배자들에게 작별을 고했다.

어쨌든 모든 것이 문제없어 보였다. 우리는 빨간 옷을 입은 여자와 아주 잘 지냈고, 바퀴 두 개 달린 짐마차 밑에서 편안하게 잠을 잤고, 드럼통에 기어오를 필요 없이 깡통 음식을 먹었고(갈비씨는 이상야릇한 냄새가 배어 있는 국물을 낯설어 했지만), 나는 이쁜이와 함께 수풀 속으로 느긋하게 행복을 찾아 나섰다. 하지만 세상인 회전목마는 또 한 바퀴 돌았다. 생각지도 않은 사고가 발생했고, 우리의 행복은 길을 잃고 말았다.

왜냐하면 갈비씨의 뼈가 사라졌기 때문이다.

또다시 날마다 음식을 먹는 건강 식습관을 갖게 되자, 갈비씨는 알아차리지 못할 정도로 천천히, 하지만 인정사정없이 살이 차 오르더니, 일을 시작한 지 두 주 지난 어느 날 지나칠 정도로 통통해졌다.

보통 때처럼 우리 차례가 시작되었다. 이쁜이는 밧줄 위에서 균형을 잡고 줄타기를 했다. 할머니들 가운데 더 고색창연하던 할머니의 마지막 남은 어금니 두 개가 빠지는 바람에 내가 줄 한쪽을 붙들고 있어야만 했다.

그러고 나서 갈비씨가 번쩍이는 옷을 입고 등장했다. 빨간옷을 입은 여자가 보통 때처럼 갈비씨를 대포 안에 넣고 심지에 불을 붙였다. 폭약은 으르렁대고, 관중은 소리를 지르고…….

하지만 갈비씨는 날지 않았다. 가까이도 멀리도 날지 않았다. 가엾은 갈비씨는 너무 비좁아진 황금빛 원통을 완전히 빠져나오지 못했다. 대포에 걸쳐진 다리 한쪽에 몸 절반 이상이 대롱대롱 매달린 채 찢어질 듯한 고통으로 울부짖고 있었다.

나는 멍멍 짖고, 갈비씨와 함께 울부짖으면서, 상처를 핥아주기 위해 갈비씨에게 다가가려고 했다. 하지만 빨간 옷을 입은 여자가 나를 막았다. 나는 처음으로 그 여자가 손이 한 개가 아니라 두 개고, 한 손에 설탕 덩어리가 있다면 다른 한 손에는 길고 흉측하고 저주스러운 가시 막대기가 있다는 사실을 알게 되었다.

가시 막대기가 인정사정없이 내 등에 꽂히는 바람에, 심벌즈 소리와 음악 소리, 사람들의 함성 소리와 광대 팔에 안겨 무대 밖으로 퇴장하는 갈비씨의 울부짖는 소리가 울려 퍼지는 동안, 나는 두 발로 걸으며 깃발을 흔들어야만 했다.

공연이 끝나자 서커스 사람들은 갈비씨 다리에 부목을 대 주었다. 끝내 갈비씨가 다리를 절게 된 걸 보면 그리 잘 대 주지는 못했던 모양이다. 나는 마침내 내 친구한테 가서 냄새를 맡아 주고 슬픔을 핥아 주었다. 그리고 밤새도록 갈비씨 곁에 있었다. 갈비씨는 게슴츠레 눈을 뜨고 한 곳을 응시한 채 잠을 이루지 못했다.

아침이 되자 빨간 옷 입은 여자가 와서 다리를 만져 주었다. 나는 아래쪽에서 으르렁댔다. 그 여자가 가시 막대기를 들던 손으로 갈비씨를 만지는 것 같았기 때문이다.

우리는 모두에게 작별 인사를 했다. 우리 순서는 이미 끝장 났다. 황금빛 대포를 다시 만들기에는 돈이 너무 많이 들고, 갈비씨가 또다시 요란한 춤을 춘다는 것은 상상도 못할 일이었기 때문이다. 한편, 사람들은 내가 전보다 고분고분하지 못하다고 느끼는 것 같았고, 이쁜이네 할머니들 가운데 하나는 무대 한복판에 앉아 있기조차 힘들었다.

유일하게 일을 계속할 수 있는 개는 이쁜이뿐이었다. 이쁜이는 '앤서니 형제' 차례에 들어갈 모양이었다. 이 공연은 우

리 것과 비슷했지만 더 위험했다. 텐트 천장에 달아 놓은 구멍이 뻥뻥 뚫린 줄 위에서 하는 공연이었는데, 그 줄은 앤서니는 몰라도 이쁜이가 길을 찾기에는 역부족이었다. 조명 때문에 눈이 부셔서 발을 헛디딜 수 있었다.

무척 슬픈 이별이었다. 나는 이쁜이더러 같이 가자고 졸랐지만 이쁜이는 그러지 않았다. 이쁜이는 공연을 마치고 망사 옷을 입은 채 주저앉아서 허공을 응시했다. 그리고 일어서서 이륜마차 쪽으로 멀어져 갔고, 잊을 수 없는 황홀한 향기는 공기 중에서 엷어지고, 또 엷어지더니 추억으로 변해 버렸다.

9

참혹한 여행

우리 넷, 그러니까 이쁜이네 두 할머니, 갈비씨 그리고 나는 좀 전까지만 해도 위대한 예술가로 지내던 서커스 공연장을 떠났다. 언제나 그랬던 것처럼 철둑을 향해 걸었다. 갈 곳을 정해 놓고 가는 것이 정처 없이 가는 것보다 나았고, 또 기찻길은 늘 어딘가로 데려다 준다는 것을 알았기 때문이다.

하지만 행군을 시작할 때는 넷이었는데, 조금 지나자 우리 둘, 즉 나와 다리 저는 친구만 남았다. 지친 할머니들은 빨간 옷을 입은 여자가 자신들을 찾아 나설지도 모른다고 믿으며 길가에 남아 있기로 했다.

갈비씨와 나는 이미 그곳에 아무런 미련이 없었다.

처음에는 잠자코 걸었지만, 조금 지난 뒤부터 나는 가까이에서 움직이는 것이 있으면 짖기 시작했다. 사실대로 말하면 마지못해 짖어 댄 것이지만, 정신없이 굴면 찢어진 깃발처럼 땅에 질질 끌려가고 있는, 혼쭐난 갈비씨의 기운을 북돋워 줄 수 있을 것 같아서였다.

우리는 늘 하던 대로 기찻길을 따라 걸어갔다. 하지만 갈비씨가 기차에 치일 뻔한 사고가 생긴 다음 수풀을 따라가는 게 더 낫다는 것을 깨달았다. 기적 소리가 들리고 철로가 흔들려서 나는 옆쪽으로 펄쩍 뛰었지만, 그때까지도 부목을 댄 다리로 절룩거리며 걷고 있던 갈비씨는 침목 사이에 있던 웅덩이에서 빠져 나올 수가 없었던 모양이다. 나는 갈비씨더러 힘을 내라고 멍멍 짖어 대며 미친 듯이 이리 뛰고 저리 뛰었다. 무겁고 무시무시한 날이 선 기차 바퀴가 철로를 지나가기 불과 몇 초 전, 마침내 갈비씨는 철로를 빠져 나올 수 있었다.

기차 사건이 있은 뒤로 우리의 행군은 갈수록 고통스러웠다. 언제나처럼 배고픔이 어김없이 찾아왔고, 좀처럼 사라지지 않았기 때문이다. 예전에 우리는 두 마리의 사냥꾼이었지만 이제는 하나 반, 아니 갈비씨가 야단스런 춤으로 마법을 걸지 못하고 우리 묘기가 늘 어딘가 엉성했다는 점을 감안한다면, 하나 반도 안 되었다.

우리는 어떤 때는 통통하고 또 어떤 때는 마른, 그리고 어떤 때는 짙은 색이고 또 어떤 때는 밝은 색인, 그리고 분명히 음악광이고 쉽게 마법에 걸릴 만한 쥐들을 여러 차례 만났다. 하지만 안타깝게도 그 쥐들은 날쌔고 빈틈이 없어서 적어도 공연 따위를 보여 주지 않으면 절대로 우리 입 속으로 떨어져 주지 않았다.

깡통은 줄고 신발들은 사라져서 우리는 마침내 눈물을 머금고 철둑을 떠나 또다시 인간들의 땅으로 들어갈 수밖에 없었다. 카나리아를 다루듯 쓰레기 봉투를 쓰는 못된 습성이 마을 주민들에게 없기를 기대하면서.

어쩌면 그런 마을이 다 있을까! 회전목마는 또다시 돌았고, 이번에는 갈비씨와 내가 성공 가까이로 가고 있다는 것을 느꼈다. 우리는 그 어느 곳과도 비교할 수 없는 마을로 들어섰다. 그곳은 내 가장 오래된 추억, 내 유아 시절의 추억이 담긴 마을과 너무나도 달랐다. 그 차이는 처음에 나를 혼란에 빠트렸으나 내 안에서 점점 부푼 희망이 우수수 떨어지게끔 했다.

나는 우리같이 불쌍한 개는 엄청나게 많은 반면, 풍족한 농장은 하나뿐이라는 생각을 하며 자랐다. 하지만 그 마을은 정반대인 것 같았다. 한 동네에 농장이 대여섯 개는 되었다.

모든 농장에는 정원과 잘 다듬어진 풀과 하트 모양, 클로버 모양, 진짜 칠면조 모양, 과자 모양 등으로 손질된 나무들이 있었다. 그리고 틀림없이 한 귀퉁이에는 닭이 빼곡히 올려진 석쇠와 대롱대롱 매달린 소시지, 탁탁 터지는 내장 등이 가지런히 놓여 있을 것이다. 이해할 수 없는 기적처럼 천국, 진정한 천국은 몇 배나 불어나 있었다.

그리고 주위에 굶주린 개가 두 마리, 즉 우리밖에 보이지 않는다는 것을 감안했을 때, 나는 우리가 거둬들일 수 있는 음식들을 생각하며 입맛을 쩝쩝 다시기 시작했다. 게다가 기적적으로 야수까지 보이지 않다니! 그 대신 위험 수위에 올려놓기에는 너무 통통하거나 안절부절못하는 애완견만 있다는 사실을 알아내고는 나는 더 많이 감격하고, 군침을 꿀떡꿀떡 삼켰다.

아침 일찍부터 우리는 사람들이 눈치 채지 못하게 몸을 잔뜩 웅크린 채 점심거리가 되기를 바라는 그 땅을 냄새 맡으며 탐험하고 다녔다. 그리고 배를 콕 찌르는 느낌이 시간을 알리자, 우리는 신중하게, 하지만 속으로는 확신에 차서 갈비씨와 내가 좋아하는 음식 냄새가 흘러나오는 근처의 집으로 다가

가기 시작했다. 그 집에는 검은 빗장이 제법 느슨하게 걸려 있었다.

내가 발 한 짝과 주둥이를 구멍으로 채 밀어 넣기도 전에, 갈비씨의 찢어지는 울음소리가 들리더니 목덜미가 이상하게 후끈거리고 머리가 거칠게 잡아당겨지는 것을 느꼈고, 그것으로 내 환상도 끝장났다.

우리는 도라 이모의 오색영롱한 끈보다 훨씬 더 튼튼하고 질긴 가죽 끈에 목이 매달린 채 울부짖고 끙끙대면서 철책으로 둘러진 트럭으로 질질 끌려갔다. 그 안에는 다른 떠돌이 개들과, 세상이란 회전목마에서 떨어진 개들, 굶주린 개들이 불행이 자신들을 어디로 데려가는지 모르는 채 두려움에 떨면서 털과 벼룩이 가득한 그곳에 혼란스럽게 모여 있었다.

참혹한 여행이었다. 여행하는 내내 나는 수많은 냄새를 낱낱이 조사하면서 두려운 마음을 다른 데로 돌려 보려고 애썼고, 갈비씨는 끙끙대며 폭력적인 납치 때문에 더욱 나빠진 다리를 핥았다.

철창 안으로 들어갔을 때는 가슴이 덜컥 밑바닥까지 내려앉는 바람에 다시는 올라 붙지 못할 것 같았다. 녹슨 우리, 기름때, 톱밥, 간수 허리띠에 매달려 있는 채찍, 주둥이를 다리 사이에 파묻고 흐리멍덩한 눈으로 구석에 널브러져 있는 개들, 삐걱 소리만 낼 뿐 꿈쩍도 하지 않는 철문을 향해 절망적으로 몸을 날리는 개들, 그런 모습들 하나하나가 이쁜이의 향기도 오래된 찌르는 듯한 배고픔도 아무 의미가 없는, 텅 비고 차가운 세상을 예고하고 있었다.

우리는 두세 마리씩 한 우리에 들어갔다. 나는 갈비씨와 같은 감방에 들어가고 싶어서 마지막 순간까지 갈비씨 곁에 꼭 붙어 있었다. 하지만 그 무시무시한 세상에서는 어떤 위로도 발붙일 수 없는 모양이었다. 전보다 더 절룩거리게 된 갈비씨는 발에 차여 아주 작은 우리로 밀려들어 갔고, 초라한 물통조차 없이 쓸쓸히 지내게 되었다.

나는 운이 좋았나 보다. 나는 쉬지 않고 울어 대는 악쓰기 대장 강아지, 능글맞고 빈틈없는 얼굴에 털까지 북슬북슬한 할아버지 개와 함께 지내게 되었다.

그리 오래지 않아 감옥의 감방은 두 종류로 나뉜다는 사실을 알게 되었다. 마른 감방과 젖은 감방. 즉 갈비씨네 감방처럼 물이라곤 흔적도 찾아볼 수 없는 감방과, 내가 있는 곳처럼 모든 게 부족하지만 그나마 혀를 적실 수 있는 커다란 깡통이 있는 감방. 곧바로 어떤 생각이 섬광처럼 스쳐 지나갔고, 나는 아찔해졌다. 마른 감방은 대책 없는 개들, 평생토록 갇혀 지낼 개들을 위한 곳이었다.

실제로 갇힌 지 얼마 되지 않아 방문객들이 줄을 잇기 시작했다. 남녀노소 할 것 없이 어떤 때는 모자를 쓰고 또 어떤 때는 부츠를 신거나 배낭을 멘 사람들이 우리 안을 들여다보았다. 하지만 젖은 우리에만 찾아왔다. 마른 우리에는 방문객이 없었다.

강아지는 금세 집어 갔다. 머리가 헝클어진 남자 아이가 강아지를 안고 가면서 쓰다듬기도 하고 동시에 야단을 치기도 했다. 가엾은 강아지는 애완견이 되는 게 행복한지 꼬리를 살랑살랑 흔들며 신나게 따라갔다. 몸 전체를 가죽으로 휘감은, 키가 껑충한 젊은 여자는 자기처럼 키가 껑충하고 귀가 갈라진 달마티안을 데리고 갔다. 콜리 같은 개, 셰퍼드, 황금빛 테켈 두 마리, 포메라니안 비슷한 개가 떠나가고…….

나는 나를 데려갈 사람을 기다리면서 내가 둘로 찢어지고 갈라지는 느낌을 받았다. 몸 한 쪽은 빈틈없는 할아버지 개와 함께 우리 감방에 있으면서 누가 조그맣고 귀가 크고 지저분한 개에 관심이 있을지 생각하고 있었다. 그리고 다른 한 쪽은 코딱지만 하고 메마른 갈비씨네 감방에서 갈비씨 곁에 널브러져 있으면서 껄끄러운 혀가 갈수록 입천장에 달라붙는 것을 느끼고, 인생의 찬란한 빛줄기가 영원히 멀어져 가고, 회전목마가 나를 멀리, 저 멀리 내동댕이쳐서 목마에 다시는 기어오르지 못할 거라고 확신하고 있었다.

수많은 시간 동안 갈비씨와 좋은 일과 나쁜 일을 함께 겪다 보니, 갈비씨와 나를 분간할 수 없을 정도가 된 것이다.

그날 오후에는 나한테 관심을 보이는 방문객이 없었지만, 다음 날 장난감 제조업자가 왔다(상황이 상황이다 보니, 그 사람이 하늘에서 막 내려온 신령님처럼 느껴졌다).

사실대로 말하면, 죽음 앞에서 나를 구해 준 그 일자리에서 일하려면 갖춰야 할 사양이 있다는 것을 알게 된 다음에야, 나는 그 작자가 장난감 제조업자라는 것을 알았다. 처음에 그 사람은 단순히 뚱뚱하고, 달님처럼 동그란 얼굴에 머리가 벗겨진, 한 손에 서류 가방을 들고, 새가 한가득 그려진 넥타이를 매고, 번쩍이는 단추가 잔뜩 달린 양복을 입은 신사 양반이었다.

그 양반은 개에 대해 아무것도 모르는 사람처럼 보였다. 감방으로 다가와 내 코앞에서 손가락 끝을 비비더니 걸걸한 목소리로 날 이렇게 부르는 것이었다.

"야옹아! 야옹아!"

나는 듣기 거북했지만 신경 쓰지 않기로 마음먹고(답답한 심정 때문에 자존심을 챙길 여유가 없었다), 꼬리를 살랑살랑 흔들며 씩 미소 지어 보이고, 내 멋지고 커다란 귀에 고개를 살짝 기울인 채 정성을 다해 가장 멋진 표정을 지었다. 과연 효과가 있었다(내 모습에서 가장 눈길을 끄는 곳은 옴 오른 뻣뻣한 털과 흙탕물로 얼룩진 반점일 텐데, 이렇게 매력 없는 외모로 봐서는 놀라운 일이 아닐 수 없었다).

"저 녀석을 데리고 가겠소. 가장 웃기게 생겼거든."

그 사람은 간수에게 이렇게 말하고는 돈을 건네주었다.

나는 끔찍하게 여성스러워 보이는 세 갈래로 꼰 가죽 끈에 묶여 감방에서 나오자마자 갈비씨가 있는 쪽으로 힘껏 뛰어 들어갔다. 그러자 뚱보가 막았다. 뚱보는 힘이 셌고, 나중에는 고집도 세다는 것을 보여 주었다. 나는 갈비씨의 축 늘어진 혀가 보이는 주둥이 끝과 허공을 응시하는 눈, 늘어진 귀만 볼 수 있었다. 슬픔이 차갑고, 어둡고, 흉측한 이불처럼 온몸을 덮는 느낌이었다.

나오는 길에 우리는 간수 옆을 지났다. 간수는 새로운 방문객 두어 명을 맞고 있었다.

"트룩스, 가자."

뚱보가 내게 말했다.

우리는 감옥을 나왔다.

10

장난감으로서의 고약한 운명

내 공식적인 이름이 트룩스가 되었다는 사실을 깨닫자, 나는 또다시 어지러움 같은 것, 도라 이모가 단박에 나를 토토에서 로드로 끌어내렸을 때 느꼈던, 내 이름이 졸아드는 그 기분을 느꼈다. 내 예감은 맞아떨어졌고, 이제 내 이름은 재채기에 불과했다.

이제 내게 어떤 이름을 더 붙일 수 있을까? 침묵과 아무것도 아닌 존재. 아무것도 아닌 존재는 깊은 수렁처럼 나를 위협했고, 나는 나를 드러내는 데 현기증을 느꼈다. 분명히 내 인생의 회전목마가 너무 돌아서 이렇게 어지러운 거라고 생각했다.

이제 한밤중이 되었고, 장난감 샘플로서의 내 인생이 펼쳐질 장난감 공장에 도착했을 때 내 마음도 밤이 되어 버렸다.

애완견으로서의 삶이 불편했다면, 장난감 샘플로서의 삶은 복잡하기 짝이 없었다. 게다가 고집불통 장난감 제조업자가 있어서, 즉 공이나 인형이나 딸랑이를 만드는 데 성이 차지 않아 매달 새 장난감을 만들어 내고 싶어 하고 온 세상을 장난감으로 만들어 버리려는 그런 인간이 있어서, 정말 위험천만한 삶이었다.

절대로 나를 막 대하지는 않았다. 그 반대였다. 물론 도라 이모만큼 요것조것 골라 주지는 않았지만 물과 음식을 남길 정도로 충분히 주었다. 또, 내가 누워 있는 구석진 곳은 덥지도 춥지도 않았다. 다만 고약한 것은 장난감 샘플, 내 앞에 펼쳐질 장난감으로서의 운명이었다.

처음 그 공장에 들어갔을 때, 나는 사실 장난감에 대해 아무것도 몰랐다. 물론 인형 목을 서너 개 잘라 놓기는 했지만, 장난감이 내 인생에서 중요한 자리를 차지했다고는 말할 수 없었다. 하지만 이제는 거의 전문가라고 할 수 있다. 내가 공장에서 너무 오래 있었기 때문이 아니라, 증오스런 장난감 샘플과 너무 밀접하게 지내다 보니 장난감을 만드는 데 중요한 점을 낱낱이 알게 된 것이다.

사실 나는 장난감에 둘러싸여 지냈다. 사방에 장난감이 있었다. 한가운데에는 내 유명한 장난감 제조업자의 가장 유명한 발명품 샘플들이 커다란 탁자 위에 가지런히 놓여 있었고, 벽에 붙어 있는 장식장에는 여러 색과 크기의 바로 그 샘플 복제본이 진열되어 있었다. 장난감들은 떼려야 뗄 수 없는 내 동료들이 되었고, 그래서 그것들을 살펴볼 시간도 기회도 충분했다.

이 말을 하는 까닭은 내가 단순히 그것들을 보고 냄새 맡는 데 그치지 않고, 기회가 생기면 물어뜯기까지 했기 때문이다. 결과는 완전히 실망스러웠고, 인간들의 이론은 엉터리라는 내 오래된 이론을 또다시 확인할 수 있었다. 세상에서 가장 지루한 장난감들이었다. 어떻게 사람들은 그딴 것들을 가지고 놀 수 있을까?

우선 그 어떤 것도 냄새가 나지 않았다. 아니 정말 메스껍게도 아무 냄새도 아닌 냄새가 났다. 그리고 말랑하지도 바삭거리지도 국물이 나오지도 끈적거리지도 않아, 입을 댈 만한 것이 아무것도 없었다. 맛은 말할 것도 없었다. 맛이 얼마나 안 나던지 어린 시절 먹어 치운 햄 옆에 있던, 그다지 매력적이지 못하던 달러들 뒤꿈치도 못 따라갔다.

게다가 모든 장난감이 움직이든, 흔들든, 침을 뱉든, 짖든, 깡충깡충 뛰든 무언가를 하긴 했지만, 개나 사람 혹은 그 누구한테도 흥미롭다거나 쓸 만한 일은 아무것도 하지 않았다.

예를 들어 탁자 끝에 있던 '내 작은 태양계'는 많은 공이 보다 크고 밝은 어떤 공 주위를 뱅글뱅글 도는 장난감이었다. 밝은 공은 보기에 그럭저럭 재미있었지만, 다른 공들은 완전히 바보 같고 심심하고 싱거웠으며, 뱅글뱅글 돌고 있어서 나를 졸리게 했다(공장에서 잔 낮잠의 대부분이 '내 작은 태양계' 옆에서 시작되었다).

그리고 참을 수 없는 소음을 내는 '내 작은 청소기', 종이를 토해 내는 '내 작은 팩스'(예를 들어 종이 대신 소시지를 토해 냈다면 훨씬 더 매력적인 장난감이 되었을 것이다), 안경을 썼다 벗었다 하는 '내 작은 안경잡이 공룡', '내 작은 휴대 전화', '내 작은 믹서'도 있었다(사실 '내 작은 믹서'에는 한 번도 가까이 간 적이 없어서 별로 할말이 없다).

내 생각에 가장 최악인 장난감은, 또, 무엇보다 장난감 제조업자가 가장 뿌듯해하는 장난감은 영광의 자리를 차지하고 있는 '내 사랑하는 동생'이었다.

솔직히 말하면 동생이 개보다 덜 흥미로운 것이 사실이다. 하지만 그렇다고 가엾은 동생들에게 뭐라고 할 수는 없는 노릇이다. 간단히 말해 동생들은 그다지 냄새가 많이 나지 않는다. 다시 말해서 개처럼 많이 나지 않는다는 이야기다. 하지만 어쨌거나 동생들은 냄새가 나고, 어떤 때는 아주 기분 좋은 냄새가 나기도 한다.

예를 들어 작은 파마머리들은 특히 나와 함께 인도를 달릴 때 귀와 목덜미 뒤에서 아주 흥미로운 냄새가 솔솔 풍겼다. 그리고 도라 이모의 발도 나름의 매력이 있었다. 이모는 그 발을 오히려 지저분한 금박은박 뒤에 기를 쓰고 숨기려 들었지만.

장난감 제조업자는 사람 모델을 만들고 싶을 때 어떻게 하는가? 사람 냄새를 똑같이 만들고, 더 향기롭게 하고, 더 매력적으로, 그리고 더 진하게 하는 대신 냄새를 깡그리 없애 버린다. 냄새를 없애면 모든 것을, 나름의 매력 하나하나를 뿌리째 뽑아내는 건지도 모르고 말이다.

'내 사랑하는 동생'은 완전히, 완벽하게, 결정적으로 냄새가 없었다. 그리고 원격 조정 장치가 있어서 쉬와 응가를 했다. 하지만 냄새 없는 쉬, 응가였다. 냄새 없는 쉬와 응가, 세상에 대한 추억조차도 남기지 못하는 쉬와 응가가 무슨 소용

이 있나?

게다가 '내 사랑하는 동생'은 웃고, 울고, 침을 흘리고, '까 꿍'이라고 말하고, 귀가 아프면 갑자기 손을 그리로 가져갔 다. 하지만 냄새는 풍기지 않았다. 원격 조정 장치 버튼을 이 빨로 물어서 공격한다 해도 절대로 '내 사랑하는 동생'에게 서 냄새가 나게 하지는 못할 것이다.

'내 사랑하는 동생'이 어찌나 꼴 보기 싫던지! 그 장난감이 매끄러운 플라스틱 얼굴로 미니카에 탄 채 명예의 탁자 위에 놓여 있는 것을 보면 배 속이 뒤집히는 느낌이었다. '내 사랑 하는 동생'은 위협의 실체였기 때문이다. 결국 트룩스도(다 시 말해, 나도) 장난감이 될 거라는 이야기를 여러 번 들었던 터다.

어느 날 밤, 달덩이 얼굴을 한 장난감 제조업자 한 부대가 오더니 구역질이 날 때까지, 내게 마지막으로 남은 것, 즉 아 주 작은 내 냄새마저 송두리째 뽑아낼 때까지 달려들어 나를 씻기고 닦고, 그러고 나서 나를 가지고 트룩스를(언젠가 자신 이 귀돌이, 토토, 로드, 인사하는 개였다는 사실조차 기억하지 못하는 트룩스를) 천, 만, 십만, 백만 개 복제하고, 똑같은 얼 굴을 한 트룩스들이 진열대에 쪼르르 놓이는 악몽을 꾸다가 신음 소리를 내며 잠에서 깼다.

여섯번 째 버튼, '트룩스 물기'

악몽을 꾸는 것 빼고는 처음에는 별일이 없었다. 내 일은 단순했다. 장난감 제조업자와 네 명의 기술자들이 머리끝에서 발끝까지, 즉 다리 길이나 높이나 귀뿐만 아니라 꼬리, 주둥이, 발톱, 속눈썹, 성기까지 치수를 재는 동안 꾹 참고 작업대 위에서 잠자코 있기만 하면 되었다.

　그들이 모든 치수를 표에 기록한다는 것을 알고 나는 솔직히 불안했다. 도라 이모가 나를 처음 검사하던 날 무척 실망스러워했던 것을 완벽하게 기억하고 있어서, 내 치수들이 그들도 실망시킬까 봐 걱정이 되었다.

내 생각에 장난감 제조업자가 실망하면 세 가지 형태로 끝이 날 수 있다. 첫째, 장난감 제조업자가 단순히 나를 공장에서 쫓아내서 나는 또다시 오래 전 떠돌이 생활로 돌아갈 수 있다(분명 이것이 가장 나은 경우였다). 둘째, 나를 감옥(갈비씨를 만날 수 없고, 빈틈없는 할아버지조차 못 볼지도 모르는 감옥)으로 되돌려 보낼 수 있다. 셋째(이것이 가장 끔찍한 경우였다), 나를 총받이, 실험 희생물로 사용할 수 있다('내 작은 송곳', '내 첫 전기의자', 'H 폭탄 뻥뻥'이 제작 중에 있던 장난감들임을 생각하면 말이다).

하지만 나는 그들을 완전히 실망시키지 않았다. 그리고 사람마다 취향이 달라서, 나무랄 데 없고 용감한 개를 좋아하는 사람이 있는가 하면 우스꽝스러운 개에 끌리는 사람이 있다는 사실을 알게 되었다.

치수 재는 첫 단계가 끝나고 며칠 동안 너무 고요해서 나는 내 일이 이미 끝났을지도 모른다고 착각했다. 그래서 그들이 세심하게 물과 음식을 가져다 주는 게 순전히 내게 호감을 갖고 있기 때문일 거라는 생각이 들기 시작했다. 하지만 아니었다. 장난감 모델로서의 삶은 고달프며, 보통 폭력이란 형태로 끝이 나게 마련이다.

나는 '내 사랑 애완견 트룩스'로 불리게 되리라는 것을 알게 되었다.

그것은 꼭 염두에 두어야 할 자료였다. 그 중요한 이름의 문제를 생각해 본다면, 내가 그저 그런 장난감이 아니라 주요 장난감, '내 사랑하는 동생'과 함께 가운데 있는 탁자 위 명예의 전당에 놓여질 장난감이 될 운명이라는 뜻이었다.

다른 상황이었다면 그런 일은 내 자존심을 빵빵하게 채워 주었겠지만, 나는 사람들과 살아 본 경험이 있어서(그만큼 겪었으면 충분했고, 아직도 생생했다), 걷잡을 수 없는 불신이 밀려들었다(그 불신은 나중에 증명되었다).

곧장 나는 내가 갈 길이 가시와 구렁텅이와 녹슨 깡통이 가득한 길이라는 것을 깨달았다. 애완견이 되는 일이 거저먹기가 아니라면 트룩스가 되는 일, 적어도 장난감 제조업자 입맛에 맞는 트룩스가 되는 일은 훨씬 더 고달팠다.

사람들은 애완견에게 많은 것을 바라는 것 같다. 그게 아니라 하더라도, 아무튼 동생한테 기대하는 것보다 훨씬 더 많이 바라는 것 같다. '내 사랑하는 동생'은 쉬와 응가를 하고, 울고 웃고, 까꿍이라고 말하고, 귓병을 앓으면 끝이지만, 애완견, 즉 나, 트룩스는 더 어려운 방법으로 사랑을 얻어야 했다.

한마디로 내 몸에 붙어 있는 버튼(사람들도 조정 버튼을 갖게 될 테니까)은 다음과 같은 명령에 반응해야 했다. 즉 '트룩스 재채기하기'(가장 불편한 명령), '트룩스 쉬하기'(가장 우스꽝스러운 명령), 단순히 잔인하다고 말할 수 있는 나머지 세 명령, '트룩스 뒷걸음질치기', '트룩스 무서워하기', '트룩스 죽는 척하기'.

내가 할 일은 당연히 장난감 모델이 되는 것이었다. 장난감은 나와 똑같은 복제본이었다(물론 편의상 냄새를 없애기는 했지만). 그래서 그들은 내가 재채기하고, 쉬하고, 뒷걸음질치고, 무서워하고, 죽는 척하도록 만드는 데 무진장 애를 썼다. 게다가 네 명의 기술자가 내 움직임을 밀리미터까지 잴 수 있도록 한 번이 아닌 여러 번, 수십 번, 셀 수 없이 많이 움직이게 했다.

내가 임무를 다할 수 있도록, 장난감 제조업자는 공장에 여러 가지 물건을 가지고 와 나를 자극했다. 나는 이제부터 그것들을 고문 기구라고 부르겠다.

우선, 후춧가루다. 공장은 온통 후춧가루로 뒤덮였다. 바닥에도, 탁자 위에도, 장난감들 속에도 후춧가루가 있었다. '내 옛날 이야기 할머니'의 앞치마 주머니, '조립 인형 내 난쟁이'의 배, '내 첫 CD 플레이어' 안은 후춧가루로 가득 찼다. 후춧가루는 냄새 없는 그곳에서 진정한 축복처럼 느껴졌지만, 스물다섯 번 재채기를 한 다음 눈물이 줄줄 흐르고 입이 숯불처럼 타오르기 시작하면서 지옥의 발명품이란 걸 알게 되었다.

그들은 실감 나게 쉬를 시키기 위해 플라스틱으로 된 빈약하지만 적어도 개의 상상력을 충동질하기에는 충분한 조그만 나무를 공장으로 가지고 왔다. 나는 후춧가루 때문에 낮에 물을 몇 사발 마신 터라, 세트 메뉴처럼 그들의 요구를 받아들이고 뻔질나게 나무 옆에다 쏟아 낼 수밖에 없었다.

하지만 얼마나 슬픈 일인가! 얼마나 지겨운 일인가! 개가 쉬를 하는 일은 이곳저곳으로 옮겨 다니며 답사하고 냄새 맡아서, 어디다 두어 방울이라도 똑똑 떨굴지, 어디다 산뜻하게 조르륵 흘릴지, 어디다 콸콸 쏟아 부을지 선택하게 만드는 가슴 벅차고 창조적이며 자랑스럽기까지 한 활동이다.

그러나 공장 안에서 쉬를 하는 일은 진정 슬픈 일이 되어 버렸다. 솔직히 말하면, 너무도 슬퍼서 넌덜머리 나는 그 시기가 막을 내리고 나서도 세상을 소변으로 적시는 기쁨을 회복하는 데는 얼마 동안의 시간이 걸려야 했다.

재채기하는 일은 귀찮고 쉬하는 일은 슬펐지만, 제아무리 그래도 나머지 세 가지 실험과는 비교도 안 되었다. 세 가지가 한꺼번에 진행되었는데, 너무나 잔인하고 고통스러우며 용서할 수 없는 실험들이었다.

장난감 제조업자라면 장난감말고는 중요한 것이 없고, 그 길을 가는 데 모델을 떼어 놓고 생각할 수 없는 것이 당연하겠지만, 내게 있어 그 길은 괴로움의 씨가 뿌려진 길이었다.

공장 한가운데에 번쩍이는 널찍한 철판을 이쪽에서 저쪽으로 가로지르게 설치해서, 내가 음식 먹으러 가는 길을 가로막게끔 했다. 그 철판은 나한테는 지옥의 입이었다.

언제나처럼 배고픔이 내 배를 쿡 지르면, 단물 뚝뚝 흐르는 쇠고기 조각, 둥그스름한 뼈다귀가 공장 저편에서 나를 부르는 것처럼 보였다. 나는 충실하게 부름에 응답했다. 그리고 그때는 모든 것이 운에 맡겨졌다. 어떤 때는 천국이고, 또 어떤 때는 지옥이었다.

때때로 나는 철판을 가로질러 내 행복이 있는 쪽으로 아무 문제 없이 갔지만, 어떤 때는(그때가 언제인지 전혀 예측할 수 없었다) 몹쓸 철판에 다리 한 쪽을 놓기만 해도 철판은 전속력으로 달리는 야수 사냥개처럼, 내 살을 콕콕 쪼는 까치처럼, 그리고 내 심장과 머리를 동시에 꿰뚫고 지나가서 허락도 없이 내 피로 뒤범벅되는 기차처럼 내 몸을 지나가 버렸다.

그 순간에는 생각을 가다듬을 수가 없어서 말을 확실히 못하겠지만, 지독하고 참을 수 없는 고통은 나를 떨게 하고, 뒷걸음질치게 만들고(지옥에서 물러서려고), 마침내 고통이 극에 달했을 때는 죽음의 공포를 느끼게 했다. 나는 거의 죽을 뻔했지만, 버튼에 쓰인 대로 죽지는 않았다. 내 몸은 빳빳해진 채 곧장 쓰러졌으며, 때문에 정신 나간 펌프처럼 심장은 펄떡펄떡 뛰었고, 눈은 뜨고 있었지만 눈동자는 두려움 때문에 굳어서 한 곳만 뚫어지게 쳐다보았다.

나는 장난감 제조업자에 대한 원망, 강한 복수심이 일었다. 그 인간이 달덩이 같은 얼굴로 새가 그려진 넥타이를 매고서 네 명의 기술자와 함께 오는 모습을 보자, 나는 어떻게 해서든 벌을 주고 싶었다. 그는 나를 공포 속에 가둬 놓고 쉬하는 기쁨, 배고픔을 달래는 달콤한 행복을 앗아 간 장본인이었다.

나는 그동안 겪었던 고통을 떠올리며 결심을 다졌고, 그 인간을 감시하면서 때를 기다렸다.

그리고 때가 왔다. 세상의 회전목마는 또 한 바퀴 돌았고, 나는 그 참을 수 없는 생활에서 도망치는 동시에 복수할 수 있는 기회를 잡았다.

저녁때였다(한참 뒤에나 깨달았지만 상쾌한 저녁이었다). 장난감 제조업자는 아주 바삐 공장 안으로 들어와 탁자로 달려가더니 한 손으로 '내 작은 송곳'과 '내 첫 전기의자'를 움켜

쥐고 나를 보지 못한 채 내 옆을 지나갔다. 하지만 나는 그 인간을 보았다. 그리고 냄새를 맡고, 기억해 내고, 갑자기 어린 시절 사냥하는 일에 크게 쓸모가 없었던 가엾은 이빨이 확실한 충격을 가할 준비가 다 되었다는 것을 느꼈다. 나는 잽싸게 그의 다리를 붙잡고, 송곳니 네 개를 그 단단한 살에 기쁘게 찔러 넣고, 거의 곧바로 내 평생 절대로 잊지 못할 들쩍지근한 냄새와 맛을 느꼈다.

나는 사냥감을 놓고 열려 있는 문을 빠져 나오며 마침내 내게는 버튼이 다섯 개가 아니라 여섯 개가 있다고 생각했다. '트룩스 재채기하기', '트룩스 쉬하기', '트룩스 뒷걸음질치기', '트룩스 무서워하기', '트룩스 죽는 척하기'…… 그리고 '트룩스 물기'.

다시 돌기 시작한 회전목마

나는 공장을 빠져 나와 달렸다. 도망칠 생각을 안 해도 되고, 멈춰 서서 내 인생이 어디로 갈지 생각할 수 있는 곳을 찾으려고 정처 없이 달리고 또 달렸다.

이번에는 귀 싸개도, 오색영롱한 끈도, 인조 꼬리도 없었다. 그런데 그런 것들이 모두 없다는 것은 잘된 일이었지만, 금세 중요한 다른 것도 함께 사라졌다는 것을 기억해 냈다. 갈비씨였다.

나는 마구 자란 회향풀 옆에 드러누워 다리 사이에 얼굴을 처박은 채 회전목마에서 내동댕이쳐져 영원히 세상 밖으로 던져진 내 친구를 다시 한 번 기억했다. 그리고 그 기억은 내 몸 이쪽 끝에서 저쪽 끝으로 뚫고 지나갔다. '내 작은 송곳'이 갑자기 나에게 달려들어 내 몸을 찌르고 마음 깊은 곳에 시커먼 구멍을 만들어 놓은 것처럼.

갈 곳도, 살 방법도 없었다. 나는 어떻게 먹을 것을 구하고 어디서 지내야 할지 몰랐다. 얼마나 의욕이 없었는지 나를 에워싼 달콤한 풀 속에 즐겁게 쉬를 퍼붓지도 못했다.

배고픔이 배를 쿡 찌르자(이미 말했듯이 내 배고픔은 건너뛰는 법이 없고, 가장 슬픈 순간에도 결코 없어지지 않는다), 나는 출발했다. 이 길, 저 길 걸어 다녔다. 쓰레기통을 뒤져 변변치 않은 차가운 비계 조각을 먹었다. 그리고 이제 아무것도 내 관심을 끌 수 없게 되었다고 생각하고 있을 때, 회전목마는 다시 돌았고 나는 갑자기 폭발할 듯한 감정을 되찾았다.

뭔가가 나를 사로잡았다.

하지만 이번에는 밧줄이 아니라 향기였다. 한순간 이쁜이일 수도 있겠다고 생각했다. 향기가 풋사랑의 기억을 불러일으켰기 때문이다. 하지만 아니었다. 나는 힘껏 냄새를 들이마셔 내 속에 채우고서, 뭐가 다른지는 모르겠지만 저쪽 끝에 나를 환상으로 이끄는, 격렬하고 생각지도 않은 무엇이 있다는 것을 알게 되었다.

이쁜이가 아니었다. 내가 그 자리에서 바로 이름을 붙였는데 깜순이였다. 나처럼 까만 개였다. 아니 더 새까맸다. 다리 위까지 내려오는 풍성하고 반지르르하고 구불구불한 털과 갈 곳 없지만 당차 보이는 모습이 단박에 내 마음을 사로잡았다.

깜순이는 길을 건넜다. 당연히 나도 따라 건넜다. 깜순이가 멀어졌고 나는 뒤따라갔다. 나는 이 동네 저 동네를 지나 신나게 뒤쫓아 갔다. 깜순이는 철조망 구멍으로 들어갔고 나도 뒤따라 들어갔다.

나는 겨우 멈춰 서서 주위를 둘러보았다. 나무 한 그루 없는 땅에 트럭이 두 대 있고, 병이 산더미처럼 쌓여 있었다. 사랑을 약속하기에 아주 그만인 곳이었다. 깜순이가 멈춰 서서 나를 바라보았다. 나는 천천히 다가가며 냄새를 음미했다. 나한테 관심이 아주 없어 보이지는 않았다. 깜순이는 또다시 멀어졌고, 나는 깜순이를 찾으러 갔다.

장난기가 있고 명랑한 개였다. 내 맘에 쏙 들었다. 나는 한순간이나마 행복을 되찾을 준비를 했다. 하지만 게임이 시작되기도 전에 하얀 옷을 입은 두 남자가 길을 가로막더니 우리를 자루 속에 집어넣어 버렸다.

영원한 아름다움 연구소

우리는 자루에 싸여 아무것도 보지 못한 채 공중에 둥둥 떠 어딘가로 옮겨졌다. 다시 땅을 밟고 세상을 살펴보니, 우리는 '영원한 아름다움 연구소'에 있었다. 나중에 안 일이지만 말이다(사람들이 온종일 매달리는 그 몹쓸 이름 붙이기 놀음을 세심하게 신경 쓴 덕택이다).

'영원한 아름다움 연구소'는 장난감 모델을 만드는 공장과 그리 다르지 않았다(서커스 같다는 점이 비슷하다). 대리석 탁자와 진열대와 먼지가 들어오는 것을 막는 방진 옷을 입은 기술자들이 있었다.

매우 다행스럽게도 탁자에는 '내 사랑하는 동생'의 흔적이 없었고, 알코올 램프와 유리로 된 물건이 많이 있었다. 플라스크, 비커, 병, 진한 국물이 거품을 내며 흐르는 유리로 된 얇디얇은 관(이 점은 나를 꽤 안심시켰는데, 유리로 된 물건이 개에게 불길하다는 말은 들어 본 적이 없었기 때문이다).

탁자 건너편에는 진열대가 있었다. 척 보니 그곳에는 엉겅퀴 한 줌(도라 이모는 버섯 소스를 뿌려 엉겅퀴를 맛있게 요리했다), 갇힌 쥐 두 마리, 제법 도톰한 고기 조각(쇠간 같았다), 겨자를 심은 화분(내가 무척 좋아하는 겨자!)이 있었다.

나는 보는 것에 그치지 않고 냄새를 맡아 보았고, 그 냄새들은 내가 이번에는 냄새 없는 플라스틱 왕국에 떨어지지 않았다는 것을 알려 주었다. 정반대였다. 고맙게도 '영원한 아름다움 연구소'에는 썩은 진흙이 넘쳐 났다.

깜순이와 나를 그곳에 데려간 것은 어떤 감격스러운 냄새를 즐기게 하기 위해서가 아니라, 그곳에서 만드는 것, 즉 영원한 아름다움을 만드는 일에 적극적으로 동참하도록 하기 위해서였다. 나중에 보면 알겠지만, 그 일은 장난감 모델 일만큼이나, 아니 그보다 훨씬 더 힘든 일이었다.

하지만 저주스러운 장난감 공장보다 기술자가 한 명 적다는 점은 나한테 유리했다. 이미 알고 있겠지만, 사람들은 적을수록 좋은 법이다. 지나치게 많이 먹으면 몸에 해로운 음식과 같다는 말이다. 연구소에서 일하는 사람은 남자 둘에(한 명은 털북숭이고, 또 한 명은 털이 없었다), 여자가 하나였다. 여자는 동유럽 사람처럼 생겼고, 안경을 썼고, 처음에는 꽤 이성적인 사람처럼 보였다. 우리한테 물통을 가져다 주고 귀를 긁어 주기까지 했으니까.

나는 어쩌면 참을 만한 일자리일지도 모른다고 생각했다. '영원한 아름다움 연구소' 사람들은 우리한테 이름 지어 주는 일에는 신경도 안 썼다. 그들에게 우리는 그저 단순히 수캐와 암캐였다.

나는 깜순이를 채 만나기도 전에 잃어버렸다. 깜순이를 곧바로 샴푸실, 염색실, 양치실로 데려 간다고 했다. 나한테는 다른 운명이 기다리는 것 같았다. 나는 엉겅퀴, 쇠간, 쥐들, 진흙과 함께 시간 늦추기 캡슐을 실험하는 데 쓰일 참이었다. 나는 처음에 시간을 늦춘다고 해서 시계 바늘을 돌려 놓는 일인 줄 알았다. 그런데 나중에 보니 엄마 젖을 사냥하던 내 가장 어린 시절로 돌아가게 하는 실험이었다.

그들은 나를 보관소, 불편하기 짝이 없는 우리에서 묵게 했는데, 취향도 별스러워서 내 우리를 다른 우리 위에 올려놓았다. 내 아래 우리에는 옴부 나무에 사는 까치 부럽잖은 부리를 가진 이름 모를 덩치 큰 새가 있었다. 그 새는 우리 철망 사이로 부리를 집어넣어 내가 서 있을 때는 내 발을, 내가 누워 있을 때는 부끄러운 곳을 쪼아대는 일말고는 재미있는 일을 찾지 못한 모양이었다.

첫째 날, 빛이 희미하게 비치자 덩치 큰 새와 내 옆에서 밤새도록 미친 듯이 찍찍거리는 꼬리 없는 통통한 쥣과에 속하는 동물을 알아볼 수 있었다. 또다시 포로가 된 나는, 정신을 바짝 차리고 있다가 사람들이 방심한 틈을 타서 잃은 자유를 되찾아야겠다고 생각하며 잠들었다.

감옥에 갇힌 신세긴 했지만 적어도 향기가 있는 한밤중에, 내 아랫방 손님이 내 등 대신 우리의 철망을 쪼는 데 정신 팔려 있는 틈을 타서 겨우 잠들려고 하던 참에, 달그락거리는 소리가 들리더니, 조금 뒤 다시 한 번 달그락거리는 소리가 들렸다. 그 소리는 멀리 있는 다른 방에서 들려왔는데, 내 청소년 초기의 잊지 못할 어떤 장면을 다시 기억나게 했다.

다음 날, 실험이 시작되었다.

덩치 새와 나는 같은 탁자를 나눠 썼는데, 나는 시간 늦추기 캡슐을 견뎌 내야 하는 첫 타자가 내가 아니라 내 야간 고

문자라는 사실을 알고는 무척 기뻐했다.

나는 시간 늦추기 캡슐이 장난감 모델만큼이나 위험하다는 사실을 첫눈에 알게 되었다. 걸쭉하고 냄새가 독한 액체 형태의 내용물은 아주 위험한 물질임이 분명했다. 기술자들이 캡슐을 집기 전에 장갑을 꼈고, 해롭지 않은 내용물을 열 때처럼 돌려서 여는 것이 아니라 톱으로 꼭대기를 잘라 버렸기 때문이다.

덩치 새는 별로 무서워하는 기색 없이 그들을 지켜보았다. 완전히 바보 같은 새가 틀림없었다.

나처럼 감정이 풍부한 개라면 심한 구역질을 할 게 분명한 그 약을 기술자들은 덩치 새의 머리부터 발끝까지 발랐다. 처음에는 별다른 일이 일어나지 않았다. 깃털은 반지르르하게 잘만 붙어 있었다.

하지만 맙소사! 덩치 새는 진짜 서커스 단원처럼 변해 버렸다. 여러 색깔의 크고 작은 털 몇백 개가 새로 나기 시작했다. 특히 캡슐 안의 약물이 주로 쏟아진 머리에는 깃털이 샘솟았다. 깃털들은 쑥쑥 나오다가 이내 빠져 버렸다. 탁자를 온통 뒤덮을 때까지 깃털이 나고 빠지기를 계속하는 동안, 나는 옆에서 차례를 기다리며 나 자신이 닭이 되는 것 같은 기분이 들기 시작했다.

나를 불편하게 한 덩치 새를 용서했다. 그 가엾은 새는 처음에는 짹짹거리더니, 그 다음에는 개구리처럼 개굴개굴하고, 마침내 병아리처럼 삐악삐악 울어 댔다. 눈은 오렌지처럼 동그래지고, 부리는 벌어지고, 조금 지나자 몸이 딱딱하고 동그래지더니 탁자 위에 똑 떨어져 죽고 말았다.

덩치 새의 슬픈 이야기가 우리 기술자들의 마음을 움직였던 모양이다. 자기들끼리 뭔가 이야기를 주고받더니 나를 다시 우리에 넣었다.

기술자들이 나한테 아주 훌륭하고 정말 맛있어 보이는 뼈다귀 하나를 주어서 나는 아주 기뻐하며 게걸스럽게 먹어 치우기는 했지만, 한편으로 의심쩍은 마음이 들었다. 빨간 옷을 입은 여자가 준 설탕처럼 어떤 서커스 공연에 대한 대가(이 경우에는 선불 대가)가 아닐까 생각했다.

하지만 나는 곧 내 불행에 대해 너무 깊이 생각하지 않기로 마음먹고 뼈다귀에 온 정신을 쏟았다. 기쁨은 깃털처럼 가볍고 덧없어서 시간 끌지 말고 재빨리 잡는 게 상책이라고 생각했다. 송곳니를 뼈에 박고 맛 좋은 골수를 쪽 빨아들이려는 순간, 멀리서 나를 불행으로 몰고 갈 달그락거리는 소리가 또다시 들려왔다.

참을 수 없는 귀의 춤

다음 날, 나는 탁자 위 명예의 전당에 올려졌다. 깃털은 말끔히 치워졌지만, 털이 나다 빠지며 자신도 모르는 사이에 죽어간 불쌍한 동료의 기억은 지워지지 않았다.

　예상한 대로 기술자들은 내 외모에서 가장 눈에 띄는 부분인 귀를 택했다. 하지만 나한테는 조금 인색했다. 캡슐을 귀에 전부 쏟아 붓지 않고 반만 부었다. 그 정도 양이라면 내 목숨은 건질 수 있을 터였다.

캡슐을 붓는 순간부터 내게 벌어진 일은 태어나던 순간처럼 설명하기가 아주 힘들다.

약물은 *끈끈하고 걸쭉해서* 처음에는 내 귀가 묵직해지더니, 여전히 내 머리에 꼭 붙은 채로 갑자기 내 의지랑 상관없이 제멋대로 모험을 하기 시작했다. 내 귀는 바르르 떨다가 부들부들 떨고, 간질간질해지고, 흔들리고, 요동치고, 달팽이처럼 배배 꼬고, 작은 새들처럼 팔락거렸다. 게다가 자기들끼리도 사이가 좋지 못한 것 같았다(둘은 늘 사이 좋은 친구로 지냈기 때문에 나는 너무 놀랐다). 사이가 좋지 못한 것 같다고 말했지만 사실 따로따로 움직이는 게 좋은 모양이었다. 오른쪽은 왼쪽을 따라 하지 않으려 했고, 왼쪽은 오른쪽이 조금도 필요하지 않다는 것을 보여 주려고 굳게 마음먹은 것처럼 보였다.

참을 수 없는 귀의 춤이 시작되었고, 나는 가엾고 상처 입은 관중이 되었다.

내 귀들이 겸손하고 말 잘 듣던 시절에는 볼 수 없던 몸짓으로 정신없이 공중으로 솟구치자, 청각 기관이 완전히 드러나서 귀 싸개를 했을 때보다 더 기분 나쁜, 차고 메마른 바람이 스며들었다.

하지만 내가 눈물을 머금으며 귀들이 다시 제자리로 내려

오기를 미처 바라기도 전에 별안간 따귀를 때리듯 볼로 내려
오더니 머리에 딱 달라붙고, 그러고 나서는 얼굴 위로 덮쳐
숨막히게 했다. 게다가 하나가 공중에 나부끼면 또 하나는 귀
가 먹을 때까지 고집스럽게 청각 기관을 꾹 누르기 일쑤여서,
나는 내려가라고 해야 할지 올라가라고 해야 할지 몰랐다. 내
두 귀가 서로 다른 일을 하기를 바라는 데 익숙하지 못했기
때문이다.

잠시 뒤, 오른쪽 귀가 오른쪽으로 당겨졌다. 귀가 힘껏 뻗
치는 바람에(곁눈질로 보니, 보통 때보다 상당히 커져 있었다),
고개가 따라 움직였다. 하지만 굉장히 변덕스러워진 왼쪽 귀
는 저 하고 싶은 대로 나를 왼쪽으로 끌어당겼다. 고개는 이
쪽저쪽으로 움직였고 세상은 흔들의자 같았다. 목덜미가 항
복하려는 그 순간 나는 파마머리들 집에서 내가 목을 잘라 놓
은 인형이 생각났다. 세터처럼 머리를 빗은 인형은 겨우 실
한 가닥에 머리가 대롱대롱 매달린 채 죽어 가고 있었다. 확
실히 말하는데, 동정하는 마음이 생겨서 그랬던 것은 아니다.

고문이 끝났다. 처음 세상 밖으로 나와 지쳤을 내 귀는 결
국 잠잠해지고 제 집으로 돌아갔다. 보아하니 잠이 든 것 같
았고, 다시 옛 귀걸이에 정겹게 매달려 있었다.

나도 지칠 대로 지쳐서 탁자 위에 쓰러졌다. 얼굴을 다리

사이에 파묻고는 내 몸의 일부가 또 실험을 당하게 되면 결국 조각난 퍼즐처럼 되고 말 거라는 생각이 들었다.

기술자들은 계속 내 옆에 서서 표에 뭔지 모를 기호를 적었다. 나는 기술자들을 만족시켜 이제 그만 나를 가만히 놔두도록 하고 싶었지만, 기술자들이 나한테, 아니면 내 귀한테 뭘 바라는지조차 알 수 없었다.

나는 숨을 깊이 들이마시고 참을 준비를 단단히 하고서, 기술자들 가운데 한 명이 커다란 그릇에 엉겅퀴를 넣고 망치로 쿵쿵 빻는 모습을 지켜보았다. 그 모습을 본 나는 나보다 나쁜 운명이 있고, 비록 개들이 사람들 세상 밑으로 정해졌지만 엉겅퀴보다는 훨씬 낫다는 생각이 들었다.

보아하니 오늘 일정이 끝난 듯싶었다. 그들이 나를 다시 우리에 집어넣고 집이자 감옥인 보관소로 데려갔기 때문이다.

그리고 그때 내 심장이 너무 쿵쾅쿵쾅 뛰어서, 그 녀석도 독립적으로 살려고 뛰쳐나가는 게 아닌지 걱정스러웠다. 그런데 우리 보관소로 가는 복도를 따라 확실한 냄새가 떠다니기 시작하자, 갑자기 모든 슬픔이 지워졌다. 깜순이였다. 헷갈릴 리 없었다.

하지만 나는 내 눈에 비친 깜순이의 모습을 보고 어리둥절했다. 복도 끝, 나와 나를 운반하는 사람이 있던 곳으로 다가

오는 우리 안에는 여위고, 털 없는 엷은 빛깔의 개가 있었다. 깜순이와 같은 종족일 수는 있었지만, 어디를 보아도 절대로 깜순이는 될 수 없었다. 하지만 냄새는 분명했다. 냄새는 속이는 법이 없었다.

나는 발을 딛고 서서 똑바로 바라보았다. 진실을 확인할 수 있는 시간이 짧다는 걸 알고 있었다. 두 개의 우리가 복도에서 마주치는 시간만큼만 허락될 것이다. 냄새가 더 강해지고 더 확실해지자 행복했던 순간의 기억이 넘실댔다.

나는 내 것과 똑같이 생긴 반대편 우리를 응시했다. 그 안의 개는 암캐였다. 그 점은 속일 수가 없었다. 그 개의 눈과 몸짓과 눈길도 나를 속이지 못했다. 내 마음을 앗아 간 내 사랑, 깜순이가 틀림없었다.

하지만 가엾은 깜순이는 너무나 달라지고, 너무나 헐벗고, 너무나 슬퍼 보였다. 아름다운 털, 다리 위로 쏟아지던 비처럼 북슬북슬하고 구불구불한 털이 모두 사라져 버렸다. 민망할 정도로 바르르 떠는 희끗희끗한 살가죽과 겨우 머리만 덮을 정도의 까만 털만 남아 있었다. 눈은 감고 있었고, 귀 한쪽에는 상처도 나 있었다.

나는 깜순이를 보고 울부짖었다. 나는 깜순이에게 알려 주고 싶었다. 내가 깜순이를 알아보았다는 것, 그리고 이 모든 것에도 불구하고 깜순이는 여전히 내게 큰 행복을 약속했던 그 깜순이이며, 그 냄새를 풍기고 있다는 것을. 깜순이도 나를 보고는 꼬리를 흔들었고, 깜순이가 냈는지, 아니면 두 우리의 철망이 지나치다 부딪혀 났는지는 몰라도, 끙끙대는 것 같은 소리가 들렸다.

그날 밤 보관소에서 우리는 다시 만났다. 나는 불빛 없이도 깜순이가 내 옆에 있다는 것, 그리고 내가 모르는 어떤 기술적인 이유 때문에 깜순이가 이제 샴푸실, 염색실, 양치실에서 쓸모가 없어졌다는 것, 그래서 나처럼 시간 늦추기 실험에 참여하게 되리라는 것을 알았다. 우리 사이에는 쥣과 동물 세 마리, 뱀 두 마리, 두꺼비 한 마리, 이끼 향 나는 진흙을 가득 담은 통 여러 개가 있었지만, 어쨌든 우리는 가까이 있었다.

나는 우리에서 잠을 청하며 쉬었다. 조금 힘이 나는 것 같았다. 조만간 우리가 해방될 수 있는 기회가 오리라는 것을 알았다. 눈을 감았다. 전율이 일었다. 통제할 수 없는 전율이 온몸에 흐르자, 내 귀가 또다시 불복종하는 것은 아닌지 두려워졌다. 하지만 아니었다. 모든 것이 평화로웠다. 나는 잠이 들었다.

두꺼비를 잃고……

실험은 계속되었다. 나와 두꺼비가 실험 대상이었다. 두꺼비는 이번이 첫 경험이었기 때문에 나보다 더 안절부절못했다. 두꺼비는 배를 공처럼 부풀리더니 꾸르륵꾸르륵 울었다. 그러더니 우리 이쪽 끝에서 저쪽 끝까지 펄쩍펄쩍 뛰었다. 그러고선 기침을 했고, 있지도 않은 파리를 잡으려고 혀를 내밀었다.

하지만 나는 가만히 있었다. '영원한 아름다움 연구소'는 반항하기에는 공간이 넉넉하지 못하다는 사실을 알아차렸기 때문이다. 잠자코 있으면서 운명을 결정하는 회전목마가 우리를 감금 생활에서 풀어 주기를 기다리는 편이 나았다.

두꺼비들이 불안하면 이상해진다는 것은 누구나 다 아는 사실이다. 두꺼비가 오만상을 지으며 뛰어다녀 기술자들을 화나게 한 것은 어찌 보면 당연한 일이었다. 두꺼비가 안절부절못했기 때문에, 기술자들은 두꺼비를 첫번째 실험 대상으로 택했을 것이다. 나는 그다음 타자였다. 그래서 나는 상상도 못할 굉장한 서커스 공연, 하지만 안타깝게도 여느 때처럼 재앙으로 끝난 공연을 구경하게 되었다.

기술자들은 두꺼비한테는 제 양만큼 약물을 부었다. 시간 늦추기 캡슐 다섯 개를(다섯 개씩이나!) 따서 큰 플라스크에 부었다. 그런 다음 말갛고 기름기가 덜한 다른 액체를 더 넣더니 막대기로 저었다. 그러고 나서 두꺼비를 넣었다. 우리 두꺼비를! 이 아침에 불행의 탁자를 함께 나눠 써야 하는, 내 삶과 떼려야 뗄 수 없는 두꺼비를 말이다.

약의 효능은 바로 나타나기 시작했다.

두꺼비는 철벙대기 시작했다. 기쁜 듯했는데, 아마도 개울가가 생각난 모양이다. 곧이어 일이 벌어지기 시작했다.

우선 눈이 조그매졌다. 이건 그리 나빠 보이지 않았다. 두꺼비 눈은 내 취향보다 너무 컸기 때문이다. 곧바로 앞다리들도 줄어들었는데, 이제는 그 모습이 별로 좋아 보이지 않았다. 다리 길이가 들쭉날쭉한 것이 장점처럼 보이지 않았다.

두꺼비 역시 자기에게 벌어진 일을 인정하지 않는 것 같았다. 몹시 안절부절못하며 다시 길어지라고 타이르듯이 앞다리들을 약물 속에서 휘젓기 시작했다. 하지만 효과가 없었던 게 분명하다. 두꺼비의 앞다리는 계속해서 줄어들었다. 많이, 아주 많이 줄어들었다. 얼마나 줄었는지 자세히 보니 별안간 앞다리가 보이지 않았다. 그리고 바로 그때 나는 두꺼비의 다리 대신 꼬리가 길어졌다는 것을 알아차렸다.

놀라웠다. 나는 바로 코앞에서 벌어지는 굉장한 사건을 꼼꼼히 지켜보고는 정말로 눈앞이 캄캄해졌다. 어느 순간 심벌즈와 팡파르를 울리며 서커스의 음악이 터져 나올 것 같았다. 인사하는 개로 공연장 안을 휘젓고 다니던 서커스 단원 시절이 기억났다. 만약 빨간 옷을 입은 여자가 이 장면을 보았다면 두꺼비를 공연에 출연시키기 위해 무슨 짓이라도 했을 것이다.

공연을 마치려는지 두꺼비의 입가에 미소가 싹 지워졌다. 그리고 바로 뒷다리가 줄어들기 시작하더니, 잠시 뒤 두꺼비는 이제 두꺼비라기보다는 어떤 통통한 물고기 같아 보였다. 조금 지나자 두꺼비는 눈이 없는 물고기가 되고, 다시 끈 모양

의 꼬리를 달고 시간 늦추기 바다에서 헤엄치는 통통한 올챙이가 되었다. 그러다가 올챙이라고 하기도 힘들 만큼 줄어들었다. 동그스름해지더니, 갈수록 동그랗고 작고 투명해졌다. 그러더니 마침내 점이 되어 사라졌다. 플라스크 안의 약물만 흔들릴 뿐 아무것도 남지 않았다.

나는 내 앞에서 벌어진 일이 그다지 재미있어 보이지 않았다. 대리석 탁자 위에서 나는 갑자기, 몹시 외로워졌다. 같은 업무를 맡은 동료가 나를 버렸다. 무대에는 이제 나, 개 한 마리밖에 남지 않았고, 나는 내게 부어질 시간 늦추기 캡슐에 대해 생각조차 하기 싫었다.

약물에서 눈을 돌려 기술자들을 보았다. 몹시 흥분한 것처럼 보였다. 그들이 꼬리를 흔들었다는 이야기가 아니다. 꼬리 흔들기는 인간들이 절대로 할 수 없는 일이기 때문이다. 하지만 그들은 펄쩍펄쩍 뛰고 박수를 쳐 댔다.

한순간이나마 엄마 젖에 매달린 새끼 강아지의 기쁨을 느껴 볼 수 있다면 허무한 시간 속에 영원히 묻혀도 되지 않을까 내 자신한테 묻고 있는데, 갑자기 기술자들이 고리도 걸지 않은 채 내 우리를 번쩍 들어 올려 보관소에 다시 갖다 놓았다. 그래서 나는 그곳에 앉아 어떻게 하면 빨리 도망칠 수 있을지에 대해 곰곰히 계획을 짰다.

깜순이는 내가 지나가는 모습을 보고 환영의 뜻으로 짖었다. 나는 깜순이의 냄새를 맡는 게 더 좋았지만 똑같이 짖어 주었다.

우리에 고리가 걸려 있지 않아 조금만 노력하면 열릴 것 같다는 생각을 하고 있는데, 또다시 달그락거리는 소리가 들렸다. 하지만 이번에는 전처럼 건물 끝에서 들려오는 게 아니라, 복도나 시간 늦추기 방에서 흘러나오는 듯 아주 가깝게 들렸다.

연이어 보관소 문이 열리고 또 다른 우리가 들어오는 소리가 들렸다(나는 다른 두꺼비가 들어오는 거라고 생각했다).

누군가가 말했다.

"다이어트실에서 오는 길이오. 이제 쓸모없어졌거든."

문이 닫혔다. 우리는 잠자코 있었다. 깜깜했다. 나는 정신없이 냄새를 맡아 보았지만, 여느 때처럼 깜순이 냄새만 강하게 느껴질 뿐이었다. 그런데 문득 내 삶의 한 시절 확실히 들어온, 그리고 수많은 불행을 겪은 지금 추억 이상으로 다가오는 달그락거리는 소리, 딱딱 소리, 딸그락대는 소리가 처음에는 부드럽고 천천히, 그 다음에는 흥분되고 울림이 있게 결국엔 야단스럽게 들리기 시작했다.

나는 미친 듯이 짖어 댔다. 거의 울부짖다시피 했다. 다른

쪽에서 깜순이의 울음소리가, 그리고 옆에서, 거의 바로 위에서 내 친구, 갈비씨 특유의 무미건조하고 조금 걸걸한 울음소리가 들렸다.

어지럽고 메슥거렸다. 회전목마가 갑자기 반대쪽으로 돈 것이다. 나는 그 어떤 것도 설명할 수 없었다. 메마른 우리에 갇혀 있던 내 친구가 어떻게 살아났을까? 누가 구해 주었을까? 어떻게 여기까지 오게 되었을까? 왜 또다시 뼈를 부딪히게 됐을까? 나는 귀에 힘을 잔뜩 준 채 삶이 왜 갑작스럽게 방향을 틀었는지 생각하려고 애썼다. 심장이 뛰었다. 얼굴이 흔들렸다. 목덜미가 바르르 떨렸다. 나는 짖었다. 흐느꼈다. 우리 안에서 빙글빙글 돌았다.

마침내 마음이 가라앉고 기쁨을 느낄 수 있었다. 아무것도 이해되지 않는다 해도 별로 상관없었다. 중요한 것, 그리고 확실한 것은 이제 둘이 아닌 셋이 도망쳐야 한다는 사실뿐이었다.

기회란 하루만 피는 꽃

'영원한 아름다움 연구소' 사람들은 이삼 일이 넘도록 우리
를 보관소에서 꺼내지 않았다. 그들은 이따금씩 먹을 것과 물
을 가져다 주었으며, 나와 갈비씨와 깜순이는 필요한 말을 주
고받으며 쓸쓸함을 달랬다.

하지만 결국 그들은 우리를 연구소로 데리고 갔다. 우리 셋
을 한꺼번에. 늘 그랬듯이 그들한테 우리는 그저 개 세 마리
에 불과했다. 수캐 둘에 암캐 하나(우리들만 우리가 누구고 이

세상에 어떤 바람을 가지고 있는지 알고 있었다).

그들이 세 개의 우리를 탁자 위에 놓았을 때 비로소 나는 마음껏 내 친구들을 볼 수 있었다. 친구들도 그랬을 것이다.

나는 깜순이가 희끗희끗하고 얼룩덜룩하긴 해도 다시 까매지기 시작한 것을 보고 기뻤다. 털이 다시 나오기는 했지만 마음 내킬 때 제멋대로 나와서 가엾은 깜순이 몸에는 도가머리_{길고 더부룩하게 난 털} 만 잔뜩 나 있었다. 그래서 개라기보다는 분수나 깃털 장식처럼 보였다. 하지만 깜순이는 눈을 뜨고 있었고, 눈에는 보통 때처럼 장난기가 어려 있었다.

갈비씨는 맨 처음 봤을 때처럼 그저 윤곽만 있을 뿐 거의 안 보일 정도로 몹시 말라 있었다. 하지만 갈비씨 눈도 공중에 매달려 있는 귀 밑에서 빛나고 있었다. 갈비씨가 털실처럼 얇은 네 다리 가운데 세 다리로만 바닥을 딛고 서 있었다. 전보다 다리를 더 저는 모양이었다.

내 경우에는 무척 발달된 귀가 그들의 시선을 끌었나 보다. 사실 내 귀는 전보다 더 길어져서(특히 왼쪽이), 다리 사이에서 서로 엉키기 일쑤였다. 그래서 나는 걸을 때 머리를 바짝 치켜들어야 했고, 결국 악명 높은 귀 싸개가 필요하게 되지 않을까 하는 생각이 들 정도였다.

모습은 달라졌지만, 그래도 우리는 우리였다. 서로 알아볼 수 있어서 다행스러웠다. 우리 셋은 얼간이들처럼 고문받기를 기다리고 있었지만, 서로 꼬리를 흔들어 주었다.

아마도 우리가 싱글벙글한 탓에 기술자들이 우리를 믿게 되었는지도 모른다. 그들한테는 우리가 생각이 있고 조심성이 있고 고분고분하고 영원한 아름다움을 만드는 일에 협조할 자세가 되어 있는 개들처럼 보였던 것 같다. 그들은 우리를 각 우리에서 꺼내 대리석 탁자 위에 올려놓았다.

우리는 서로 냄새를 맡을 수 있어서 행복했지만, 그렇다고 해서 넋 놓고 기쁨에 젖지는 않았다. 오순도순 놀 때가 아니었다. 바짝 긴장하고서 회전목마가 돌아가기를 기다려야 할 때였다.

시간 늦추기 캡슐은 겨자 묶음 옆 진열대에 있었다. 나는 우리한테 얼마나 쏟아 부을지 생각해 보았다. 어쨌든 개는 두꺼비보다 더 푸짐했다. 그들은 캡슐을 일곱 개 꺼냈다. 늘 그랬듯이 캡슐 머리를 자르고, 구역질이 나는 기름을 비커에 쏟아 부었다. 그러더니 액체를 더 넣고 막대기로 저었다.

내 친구들은 우리 종족이 인간들에 대해 흔히 갖고 있는 몹쓸 믿음을 저버리지 못한 채 아무런 의심 없이 그들이 하는 일을 바라보았다. 내 경우는 아니었다. 나는 처방의 끝을 너무나도 잘 알고 있었다. 조만간 개들을 집어넣으리라는 것을 알고 있었고, 내가 혼합물로 변한다고 생각하니 끔찍했다.

그런데 언젠가 확실한 신호라고 느꼈던 일, 기적 같은 일이 또다시 일어났다. 갈비씨가 춤을 추기 시작한 것이다. 그 유명한 정신없이 요란한 춤을 추었다. 예전처럼, 진짜 서커스 단원처럼 기막히게 추었다. 시간이 흘렀어도, 다리를 심하게 절어도, 늘 청중들을 매료시켜 절로 어깨춤을 추게 만드는 멋진 음악이 조금도 녹슬지 않은 것을 나는 흐뭇하게 지켜보았다. 지금은 세 다리로 지탱하고 추니 오히려 더 영감 있어 보였다.

나는 내 친구가 옛날의 재주를 되찾아 무척 기쁜 나머지 하마터면 회전목마가 바로 우리 코앞에서 도는 감미로운 기회를 놓쳐 버릴 뻔했다.

나는 '영원한 아름다움 연구소'의 기술자들이 쥐들만큼 잘 현혹된다는 것을 한눈에 알아보았다. 기술자들은 리듬을 좇아 머리를 흔들고 비커 안에 있는 약물을 박자에 맞춰 저었다. 지금 이 순간, 멋진 탈출이 예전의 푸짐한 점심 한 끼만큼 중요할 수 있겠다는 생각이 들었다.

나는 깜순이도 갈비씨 춤에 매료되는 것을 보고 조금 놀랐다. 깜순이가 꼼짝도 하지 않는 채 눈을 못 떼고 음악회에 푹 빠져 있어서, 나는 깜순이를 툭툭 치기도 하고 애교 있게 잘

근잘근 물기까지 하면서 '기회는 잠시 폈다 곧바로 시드는 꽃'이라는 것을 깨닫게 하느라 애를 먹었다.

우리 셋은 동시에 펄쩍 뛰었다. 비커에 부딪쳤다. 비커가 흔들렸다. 약물이 출렁거렸다. 갈비씨와 나한테는 약물이 겨우 몇 방울 튀었지만, 깜순이는 약물에 흠뻑 젖고 말았다. 우리는 꽃 같은 기회를 마무리하기 위해 다시 한 번 뛰어올라 열려 있는 창문 가까이로 갔다.

내가 등으로 진열대를 치니 시간 늦추기 캡슐이 출렁였다. 흔들거렸다. 떨어졌다. 다른 진열대에 부딪쳤다. 누군가 캡슐을 톱질할 필요도 없이 깨져 버렸다. 우리가 이미 떠나 버린 무대 위로 액체가 쏟아졌다. 처음에는 고함 소리가 들리더니 욕지거리와 코맹맹이 소리가 들렸다. 그러더니 '내 사랑하는 동생'의 귀 아픔 버튼을 눌렀을 때 나는 소리와 매우 비슷한 울음소리가 들렸다. 그리고 아무 소리도 들리지 않았다.

우리는 내가 사랑을 나누기 위해 안성맞춤이라고 생각했던 곳을 가로질러 갔다. 예전에 울타리에 나 있던 그 구멍이 우리를 기다리고 있었다. 우리는 구멍을 빠져 나왔다. 계속해서 달렸다. 달리고, 달리고, 또 달렸다.

어린 시절로 되돌아간 깜순이

우리는 '영원한 아름다움 연구소'에서 가능한 한 멀어지기
위해 한순간도 멈추지 않고 계속해서 달렸다. 아름다움이 싫
어서가 아니라 아름다움을 영원히 간직하는 게 얼마나 힘겨
운지 알았기 때문이다.

처음에는 깜순이가 앞장서 갔다(깜순이는 훌륭한 달리기 선
수였다). 그 뒤로 내가 귀에 걸리지 않으려고 이마를 바짝 치
켜드는 데 힘의 일부를 쓰며 따라갔고, 마지막으로 갈비씨가

언제나처럼 민첩했지만 저는 다리 때문에 달리다 펄쩍 뛰고, 펄쩍 뛰다 달리면서 쫓아왔다. 갈비씨는 여전히 음악적이고 눈부시긴 했지만, 평균 속력이 점차 줄어들었다. 잠시 뒤 나는 별다른 노력 없이 선두를 차지했다. 그리고 도망자가 늘 그러하듯이 쉬지 않고 계속 달렸다.

우리가 제법 멀리 갔을 때 나는 깜순이가 우리한테서 멀어졌다는 것을 알아차렸다. 지속적으로 들리는 갈비씨의 달그락거리는 소리보다 훨씬 더 조용한 깜순이의 뜀박질 소리가 들리지 않았을 뿐더러 냄새조차 나지 않아서 깜짝 놀랐다.

나는 가던 길을 멈추고 뒤쪽에서 무슨 일이 벌어졌는지 보려고 고개를 돌렸다. 갈비씨는 바짝 내 뒤를 쫓고 있었지만, 깜순이는 매우 멀리 있었다. 깜순이가 아주 조그맣게, 정말 너무도 조그맣게 보여서 원근 효과 때문에 그렇게 작아 보일 수도 있는 건지 의심이 들었다. 깜순이는 굼떠 보였다. 그런데다 열심히 달리기는 하나, 우아하지도 않고 리듬감도 없이 앞으로 갔다가 오른쪽으로 갔다가 왼쪽으로 가곤 했다.

갈비씨는 내 옆에 멈추어 섰고, 우리 둘은 함께 도망치던 동료가 갈수록 우왕좌왕하고, 어물거리고, 오락가락하면서 갈팡질팡하고 있는 골목 끝을 조용히 바라보았다.

나는 이상한 생각이 들었다. 하지만 달리던 깜순이가 갑자기 멈추더니 길에서 맞닥뜨린 마른 나뭇잎 한 장을 보고 짖기 시작하는 모습을 보고 모든 게 명확해졌다. 깜순이는 사납게 나뭇잎을 공격했다. 그리고 얼굴로 밀쳐 댔다. 그러고는 그 주위를 뱅글뱅글 돌았다. 의심할 여지가 없었다. 깜순이는 사라져 버린 두꺼비처럼 어린 시절로 되돌아간 것이다.

나는 깜순이 쪽으로 달려가면서 혹시 깜순이가 두꺼비처럼 공기 중에서 해체되면 어쩌나, 또 내가 도착했을 때 마른 나뭇잎과 가느다란 실 자락, 잊을 수 없는 냄새만 달랑 남아 있으면 어쩌나 걱정이 들었다. 하지만 아니었다.

깜순이는 보통 때처럼 아주 즐겁고 장난기 어린 모습이었고, 그리고 까만 도가머리가 한가득 나 털도 수북해져 있었다. 하지만 확실히 강아지였다. 짧고 통통한 다리 때문에 넘어질 듯했고, 나뭇잎을 씹다가 펄쩍 뛰어 뒤로 물러서더니, 나뭇잎이 용감한지 시험해 보려는 듯 한 방에 공격을 가하고 기를 쓰고 물어뜯으려 했다. 즉 강아지들이나 하는 짓을 하고 있었던 것이다.

시간 늦추기 캡슐의 효능을 유감없이 보여 준 그 광경을 보고 갈비씨와 내가 얼마나 당황했는지는 말로 다 표현할 수 없다. 우리 둘은 다 큰 개고, 그래서 세상과 배고픔에 대해 알 만큼 알며, 어쩔 수 없이 여러 가지 일자리도 가져 보았지만,

단 한 번도 새끼 키우는 일을 해야 하는 궁지에 몰린 적은 없었다.

우리 개라는 족속은 구식이다. 강아지들은 늘 암컷의 몫이지, 수컷의 몫이 아니라고 생각해 왔다. 내가 이런 말을 하는 까닭은 만약에 어려진 게 갈비씨나 나였다면, 깜순이는 분명 우리를 위해 무엇을 해 주어야 할지 알 테고, 모든 것이 엉망이 되지는 않았을 것이기 때문이다.

하지만 우리는 아니었다. 나는 우리의 모성 본능이 약할까 봐, 아니 거의 없는 편일까 봐 무척 걱정이 되었다. 그래서 컸을 때보다 열 배는 넘게 장난꾸러기가 된 깜순이 강아지가 우리 주위를 펄쩍펄쩍 뛰어다니고, 다리 사이로 파고들고, 안 그래도 무거운 한없이 긴 내 귀에 진드기처럼 매달리자 나는 슬슬 두려워지기 시작했다.

나는 절망적으로 깜순이를 바라보면서, 자식이 없어도 먹을 것 구하기가 하늘의 별 따기인데, 이제 갓난아이까지 들처업었으니 우리 생존은 불가능한 일이 될 수 있겠다고 생각했다.

깜순이가 자신의 운명을 따라가도록 내버려 둔다고 해도 누가 뭐라고 할 수 없는 일이다. 어쨌든 깜순이는 우리처럼 영원한 아름다움에 붙잡혔던 것이다. 그런데 붙잡히기만 한 것이 아니라 나를 붙잡기도 했다.

내가 확실히 기억하는데, 깜순이는 사랑에 빠진 개가 상상할 수 있는 가장 멋진 냄새의 소유자였다. 그리고 이제는 깜순이의 냄새가 겨우 추억거리가 되었지만, 강아지가 자라서 개가 되듯 깜순이가 시간 늦추기 여행을 끝마치고 다시 자라날 때까지 기다리는 수밖에 없다는 생각을 지울 수 없었다. 그래서 조만간, 깜순이는 원래 크기로 돌아오고 세상을 한 바퀴 돌 수 있는 기분이 들게 하는 그 냄새를 도로 찾게 될 것 같았다.

문제는 그때까지 어떻게 지내느냐였다.

현재 깜순이는 강아지, 제법 다루기 힘든 강아지였다. 잠시도 가만있지 않고 목적지까지 제대로 가지도 못할 것 같았다. 우왕좌왕하며 여기서 저기로, 또다시 저기서 여기로 펄쩍펄쩍 뛰어다녔다.

갈비씨는 그다지 걱정하지 않는 눈치였다. 우리 문제를 해결할 방법을 생각하기보다는 길 한가운데에 드러누워, 오히려 휴식을 취하면서 앞으로 출 야단스런 춤을 꿈꾸어 보려는 듯보였다. 그래서 나는 이 위급한 상황을 이끌고 나갈 책임을 몽땅 껴안게 되었다.

당장 중요한 것은 보다 빨리 '영원한 아름다움 연구소'에서 멀어지는 일이었고, 문제는 깜순이가 한눈팔지 않고 우리 뒤를 따라오게 타이르는 일이었다. 깜순이가 내 귀를 물고 매달리는 바로 그 순간 내가 달리기 시작하면 어쩌면 제법 앞으로 나아갈 수 있을 것 같다는 생각이 들었다. 이미 마구 사용한 내 귀가 더 나빠지겠지만 말이다.

깜순이와 함께 길을 가는 일에 대해 전략을 짜고 있는데, 갑자기 강력한 재채기 소리가 들렸다. 개보다는, 미안하지만 코끼리가 냈을 법한 재채기 소리였다(코끼리들이 재채기를 한다면 말이다. 사실 내 생전에 코끼리가 감기 걸린 모습도 본 적이 없으니 증명할 수는 없지만). 정말로 엄청난 재채기 소리였다. 그래서 깜순이는 공처럼 도저히 따라잡을 수 없는 속도로 날아갔다.

우리는 깜순이가 하도 격렬하게 튀어 나가서, 우리가 도망쳐 온 영원한 아름다움의 땅으로 되돌아가면 어쩌나 걱정하며 미친 듯이 뒤를 따라 달렸다. 힘들여 굽이굽이 빠져 나온 길을 다시 돌어가야 했지만, 결국 쥐똥나무에 걸려 가지들에 뒤엉킨 채 강아지들이 하듯이 끙끙대며 울고 있는 깜순이를 찾아냈다.

나는 깜순이를 구하려고 껄끄럽고 불친절한 쥐똥 나무 가지 사이로 들어가다 얼굴에 상처를 입었다. 가지 속에서 깜순이를 꺼내 입에 무니 매우 따뜻하고 보드라웠다. 나는 깜순이가 다치지 않게 이빨을 입술 뒤로 숨겼다.

나는 나쁜 일은 다 지나갔다고 생각하고 깜순이를 바닥에 내려놓았다. 그리고 박힌 가시를 빼기 위해 다리를 입으로 문지르려는 순간, 깜순이가 또 재채기를 하려는 듯 입 끝을 실룩대는 것이 보였다.

그때 어떤 생각이 섬광처럼 스치고 지나갔고, 나는 즉각 행동으로 옮겨야겠다는 확신이 들었다. 나는 깜순이의 목덜미 털을 이빨로 물고 공중에서 반 바퀴 돌아, 영원한 아름다움의 땅 쪽으로 코를 대도록 했다. 반대 방향으로 날아가게 한다면 재채기가 좋은 이동 수단이 될 수 있다는 것을 깨달았던 것이다. 다행히 그 방법은 효과가 좋아서, 잠시 뒤 우리 셋은 처음 재채기를 했던 장소까지 되돌아왔다.

재채기를 두 번 더 하자 우리는 철둑 울타리에 도착했다. 그제야 우리는 살았다고 느꼈다. 그리고 곧 햇빛을 가릴 멋진 넝쿨이 있고, 철길 옆으로 깊지는 않지만 세 마리의 목마른 개들이 목을 축일 만한 개울물이 흐르고 있는 것을 보고는 살았다는 느낌 그 이상의 기분을 느꼈다.

18

천국의 물이 담긴 정강이 뼈

갈비씨와 내가 진흙이 섞여 있긴 했지만 맛이 좋은 물을 마시면서 숨을 고르고 있는데, 깜순이가 거리낌 없이 갈비씨 다리 사이로 들어가 고개를 쳐들고 젖을 찾아 입을 벌렸다.

갈비씨는 순한 개였지만 자존심이 있어서 지나친 방종은 절대로 참지 못했다. 몹시 불쾌해했다. 갈비씨는 즉시 으르렁대며 깜순이를 떼어 놓더니, 뻔뻔한 강아지한테 더는 모욕을 당하지 않겠다고 단단히 마음먹은 듯 풀밭에 배를 대고 엎드려서는 눈을 감고 얼굴을 다리 사이에 파묻었다.

하지만 깜순이는 물러서지 않았다. 갈비씨의 옆구리를 얼굴로 밀치고, 또 발로 긁어 댔다. 갈비씨가 으르렁대자 깜순이는 조금 뒷걸음질치며 떨어졌지만, 또다시 다른 쪽 옆구리를 공격했다.

나는 실속도 없이 젖을 찾던 시절이 기억나 깜순이를 측은하게, 더 나아가 존경의 눈길로 바라보았다. 가엾은 깜순이는 이제 막다른 골목에 다다라, 앞날이 제 이름보다 더 시커멓겠다는 생각이 들었을 것이다. 나는 지나치게 많은 형제 때문에 목적지에 다다르기 힘들었지만, 내가 살던 곳만큼이나 먹을 게 없는 이곳에서 깜순이가 기쁨의 샘을 찾아 내기란 어려운 정도가 아니라 완전히 불가능했기 때문이다.

그래서 나는 깜순이에게 다가가 두어 번 핥아 주었다. 이것이 내가 해 줄 수 있는 전부였다. 예전 목마르던 시절 엄마가 내게 주었던 커다란 위안을 나는 잘 기억하고 있었던 것이다.

바로 그 순간, 내 배꼽 시계가 여느 때처럼 힘차게 소리를 냈고, 나를 이곳저곳으로 옮겨 다니게 한, 오래된, 콕 찌르는 느낌을 받았다. 갈비씨를 흘긋 보니 나와 배꼽 시계가 똑같은 갈비씨도 벌써 그것을 느끼고 있다는 듯 일어서서 고통스럽게 공기 냄새를 맡고 있었다. 언제나처럼 배고픔이 다시 찾아왔고, 우리는 갈수록 더 배고픈 개가 되었다.

우리 모두에게, 나중에 이유를 설명하겠지만 특히 나에게, 매우 불안하고 떠돌아다녀야 하고 분주하기 짝이 없는 나날이 시작되고 있었다. 그리고 그런 날이 몇 주 동안, 추위가 찾아들 때까지 계속되었다.

우리가 주로 할 일은 당연히 배고픔을 해결하는 것이었지만, 이번에는 그리 만만하지 않았다. 우선 전처럼 둘이 아닌 하나만 음식을 훔칠 수 있었다. 둘 중의 하나는 계속해서 깜순이를 돌봐야 했기 때문이다. 깜순이가 앞에 있는 작은 도마뱀이나 엉겅퀴, 작은 새 뒤를 따라 엉뚱한 길로 가는 경향이 있어서 그러기도 했지만, 특히 강력한 재채기가 문제였다. 횟수는 줄었지만 아직도 간간이 재채기가 나와서 방향을 잡는 데 신경을 많이 써야 했다.

혼자서 음식을 훔치는 일은 둘이 하는 것보다 더 위험하고 성과는 적고 지루했지만, 어쨌든 갈비씨와 번갈아 했다면 적어도 견딜 만했을 것이다. 하지만 상황이 그렇다 보니, 나 혼자 일을 맡았다. 깜순이는 차츰 다른 종류의 음식에 적응해 가기는 했지만 엄마를 얻겠다는 예전의 희망만은 포기하지 않았기 때문이다. 갈비씨가 사냥하러 가려고 일어서기만 해도 깜순이는 갈비씨가 절대로 빌려 주지 않을 그것을 붙잡겠다는 확실한 희망을 안고 쪼르르 따라나섰다.

깜순이의 열성 때문에 갈비씨는 누워서 지내게 되었다. 누워서 먹고, 누워서 짖고, 누워서 으르렁대다가 깜순이가 잠들면 수풀 사이에 일을 보기 위해서 일어섰다.

또 한편으로, 우리는 먹을 게 거의 없는 빈곤한 마을에 정착했다. 집에서 길가로 내놓은 쓰레기 봉투에는 대부분 과일씨 하나나 과일 솜털 예닐곱 가닥만 들어 있을 정도로 비참했다. 그래서 나는 많이 돌아다녀 봤지만 허탕 치기 일쑤였고, 우리가 젊은 시절에 구했던 것보다 턱없이 적은 간식에 만족해야 했다.

유모로서의 내 삶이 애완견 시절만큼이나 힘겹다고 말한들 전혀 옳는 소리가 아닐 것이다. 나는 아침 일찍 일어나 우리의 은신처, 즉 개울가에 넝쿨로 덮여 있는 구멍을 나와 사냥을 하러 갔다. 어쩌면 사냥이라는 말은 내가 한 일을 이르기에 황송한 표현일지도 모른다. 나는 먹이 구하는 일에 긍지를 가지고 길을 가다 쥐와 뱀을 만나기만 하면 얼마든지 뒤를 쫓을 각오가 되어 있었지만, 기회는 많지 않았고 재주도 신통치 않았기 때문이다. 그래서 맛은 기대하지도 않은 채 단순히 영양이 있거나 그럭저럭 소화시킬 수 있겠다 싶으면 닥치는 대로 훔치거나 챙겨서 은신처로 나르는 데 만족해야 했다.

다니긴 많이 다녔어도 수확물은 아주 적었고, 때때로 재채기할 방향을 잘못 잡아 깜순이를 철로에서 잃어버리고는 몇 시간 동안이나 찾으러 다니다 보니, 내 입에 물려 있는 게 무엇인지 제대로 깨닫지도 못한 채 철둑에서 마을로, 마을에서 철둑으로 셀 수 없이 왔다 갔다 해서 이제는 개가 아니라 까치가 된 것 같은 기분이 들었다.

온종일 나는 물어 온 것들을 아무렇게나 쌓아 두었고, 저녁이 오면 우리는 쓰레기 더미에서 먹을 만한 것을 찾아내느라 정신이 없었다. 진 빠지는 일인 데다, 비효율적이고, 결정적으로 번거로운 방법이었지만 때로 새로운 먹을거리를 발견하게 해 주었다.

배고픈 사람들이 이 이야기를 읽을 수도 있으니 줄줄이 말해 보겠다. 예를 들어, 깡통에 든 아스팔트는 맛있는 간식거리다. 지나치게 푸석거리기는 했지만 속은 국물이 많고 매우 영양가 있다. 치약과 뒤범벅이 된 딱딱한 빵이나 오래된 과자 조각은 먹기 힘든 음식이었다. 면도 크림 찌꺼기, 감자나 오렌지 껍질은 진흙이랑 조금 섞으면 맛이 훨씬 낫다. 걸레는 국물이 없지는 않지만, 빨려면 침이 너무 많이 나온다는 문제가 있다. 그리고 특히 신발은 먹고 또 먹을 수 있는데, 자양분이 많고, 소화도 잘되며, 기분 전환하기에 매우 좋다.

하지만 어쨌든 우리는 영양이 턱없이 부족했고, 꼬르륵 소리가 나지 않게 최선을 다해 뱃속을 구슬려 보았지만 결코 배고픔을 잠재우지는 못했다. 가끔씩 뼈다귀나 등심 부스러기의 기적을 축하하기도 했지만, 배를 잠잠하게 할 만한 것이면 아무거나 기쁘게 받아들였다.

이런 다이어트의 장점은 꿈을 꾸는 데 무척 도움이 된다. 배고플수록 더 아름다운 꿈을 꾸는 법이다. 집어 먹은 끈 조각 하나만이 조난자처럼 내 배의 텅 빈 바다에서 홀로 항해하고 있던 매우 허기진 어느 저녁, 나는 정말로 기상천외한 꿈을 꾸었다.

왕정강이를 먹는 꿈을 꾼 것이다. 사실 정강이는 내가 좋아하는 부위다. 맛 좋고 연하기도 하지만, 감동이 꽉 들어찬 기분 좋은 부위다. 왜냐하면 여러 방법으로 물고 씹을 수 있고, 중앙에는 개들한테는 천국의 꿀인 기가 막힌 골수가 보물처럼 감추어져 있기 때문이다. 그런데 내 꿈에 나온 정강이는 맛 좋고 연하기만 한 것이 아니라 무척 컸다. 엄청나게, 어마어마하게. 다시는 먹을 것이 모자라지 않을 거라고 확신하며 나는 내 정강이를 타고 행복하게 하늘을 날아다녔다.

이런 꿈을 꾸면 배고픔을 더욱 잘 참아 낼 수 있다.

개들은 은밀한 일을 이야기하는 습성이 없기 때문에 갈비씨와 깜순이가 나와 비슷한 꿈을 꿨는지는 정확히 알 수 없지만, 나는 그들이 밤에 숨을 헐떡이고, 말할 수 없이 기쁘게 꼬리를 흔드는 모습을 여러 번 지켜볼 수 있었다.

19

순대의 기적

순대의 기적은 끝없는 배고픔의 여정에서 대단한 일이었지
만, 가엾은 갈비씨에게 달갑지 않은 영향을 미쳤다. 나는 현
장을 목격한 증인이자 바로 옆에서 덕을 본 장본인이니 그 이
야기를 해 주겠다.

순대를 실은 트럭, 정확히 말하면 순대와 햄버거를 실은
트럭은 늘 역 앞 주점 앞에서 멈췄다. 나는 쓰레기 운반이라
는 내 영원한 일을 멈추고 잠시 영광으로 가득 찬 그 상자들

을 어떻게 내리는지 바라보았다. 음식을 나르는 광경 자체가 날 언제나 흥분시켰고, 내 삶이 동트던 시절, 호랑이 형 옆에 붙어 형 얼굴로 흘러내리는 젖을 먹을 때처럼, 순대 한 조각이라도 주워 보겠다는 비밀스런 희망을 안고 있었기 때문이다.

인생은 돌고 돌 뿐만 아니라 때때로 뜻하지 않게 갑자기 장애물에 부딪혀 다른 방향으로 돌기도 한다는 사실을 이미 보아 왔다. 그런 일이 순대 사건 때 일어났다.

트럭 주인과 주점 주인이 격렬하게 싸웠다. 처음에는 으르렁대더니, 허공에다 삿대질을 하고, 결국은 성난 개들처럼 땅바닥에서 엎치락뒤치락했다. 그리고 상자들은 내 코앞에, 그것도 바닥에 반쯤 기울어져 있었다. 아주 맛있는 냄새에 내 가엾은 코가 부르르 떨렸다.

나는 다행히 가까이에 있던 은신처까지 순대 꾸러미를 하나씩, 둘씩, 셋씩 되는 대로 날랐다. 얼마만큼이었는지는 잘 모르겠다. 즐거움을 세는 데 시간을 낭비하고 싶지 않을 때가 있는 법이다. 어쨌든 많았다. 틀림없이 무지하게 많았다.

결국 나는 늘 하던 대로 은신처 입구에 쓰레기 더미 대신 황홀한 순대 산을 쌓았다. 순대들은 지저분한 비닐로 겹겹이 싸여 있었지만 쉽게 구출할 수 있었다.

내 동료들은 나를 기쁨과 존경에 찬 눈으로 맞아 주었다. 잊지 못할 성대한 잔치였다. 그렇게 먹은 적은 한 번도 없었다. 굶주린 뒤 먹는 음식보다 맛있는 음식은 없었기 때문이다. 황홀한 육류 앞에서 어쩔 줄 몰라 하던 깜순이는 영원히 젖을 떼야 한다는 사실을 받아들이고 그날부터 욕구 충족을 위해 갈비씨를 따라다니는 일을 하지 않았다.

하지만 가장 많이 먹은 건 갈비씨였다. 갈비씨는 끊임없이 먹었다. 엄청나게 먹어 댔다. 그리고 결국 앓아누웠다. 순대를 많이 먹어서가 아니라 포장지를 지나치게 많이 먹어서였다.

갈비씨는 끔찍한 실수를 저질렀던 것이다. 바로 비닐 포장지였다. 갈비씨는 너무 오랫동안, 너무 지독히 배고파서 실속 없고, 아무 맛도 냄새도 없는 비닐이 맛있는 세트 메뉴처럼 보였던 모양이다. 그래서 순대를 포장지째 입에 넣어 눈이 하얘지도록 씹어 댄 뒤 꿀꺽 삼켰다. 꿀꺽 삼키는 일은 별로 힘들지 않았나 보다.

갈비씨의 못된 버릇은 그 값을 톡톡히 치르게 했다. 그날 밤 수풀 속에서 갈비씨가 비닐을 먹은 것을 가장 잘 빼낼 수 있는 곳을 통해 내보내려고 용을 쓰는 소리가 들렸다. 그러고 나서 갈비씨는 우리 은신처에서 가장 안전한 구석으로 가 눕더니, 깜순이가 그의 아래 부분에 털끝만큼도 관심을 보이지 않았는데도 며칠이 지나도록 일어서지 않았다.

안타깝게도 순대는 바닥이 났고, 그렇게 기적은 끝이 났다. 그리고 또다시 배고픔이 우리를 공격했다. 거기다가 엎친 데 덮친 격으로 추위까지 겹쳐서, 우리는 싸움에서 영원히 지기 일보 직전이었다.

배고픔은 오래되고 잘 아는 적이었다. 날마다 정해진 시간에 공격했다. 하지만 추위는 예고도 없이 뒤통수를 쳤다. 해가 전처럼 따뜻하지 않았고 그날부터 개울은 된서리를 맞으며 아침을 맞았다.

처음에 우리는 따뜻해지려고 넝쿨 밑에 포개져 있었는데, 며칠 지나지 않아 넝쿨은 우리를 버렸다. 잎이 떨어져 마침내 우리는 언제나처럼 헐벗게 된 것이다. 앙상한 가지 사이로 몰아치는 바람이 어찌나 세찬지 우리는 눈을 감고 다리 사이에 얼굴을 파묻어야 했다. 내 귀 끝에는 고드름이 잔뜩 열렸다. 나는 그때처럼 귀가 무겁게 느껴진 적이 없었다. 비닐 만찬 사건에서 회복된 갈비씨는 여전히 누워 있었고, 야단스런 춤으로 우리를 즐겁게 해 준 적이 있었나 싶을 정도로 서글퍼 보였다.

다행히 깜순이는 조금 더 자라고 털도 제법 북슬북슬해졌다. 도가머리만 늘어난 것이 아니라 잊을 수 없는 구불구불하고 비단 같은 그 머릿단도 자라고 있었다.

그러나 여전히 살갗이 많이 드러나 있어서 몹시 떨었다. 재채기 소녀는 이제 많이 자라 혼자서도 발사된 곳으로 돌아올 수 있게 되었지만, 아주 성가신 재채기가 또다시 심해지고 있었다.

추위는 점점 더 거세게 우리를 괴롭혔다. 얼음으로 된 밧줄처럼 우리 목덜미를 휘감고, 뼈를 짓누르고, 털을 짓이겼다. 마침내 어느 날 우리는 매섭고 살을 에는 듯한 바람이 불던 밤을 보내고 눈동자와 발톱이 꽁꽁 언 채로 아침을 맞았다. 이제는 세상을 바로 보지도 못하고 파리 한 마리를 보고도 일어나 짖지 못할 것 같다는 생각이 들었다.

갈비씨는 고개를 쳐들었지만 일어서지는 않았고, 꿈을 꾸며 추위에서 도망쳐 보려는 듯 또다시 바닥에 납작 엎드렸다. 깜순이는 재채기를 하고서 몇 미터 앞으로 가서 떨어졌지만, 기운이 없어 은신처로 되돌아오지 못했다. 나는 귀가 하도 무거워지는 바람에 고개를 든다는 건 꿈도꾸지 못했다.

나는 우리가 줄 끝으로 가고 있구나, 이게 인생의 마지막 회전이구나 생각하며 짖기 시작했다.

짖으면 회전목마가 다른 방향으로 돌기라도 하듯, 나는 짖고 또 짖었다. 그리고 또 짖었다. 깜순이도 짖더니 내가 있는 곳으로 달음질쳐 와 함께 짖었다. 그리고 조금 지나서 갈비씨도 후들후들 떨리는 세 다리로 가까스로 서서 거칠고 공허하게 짖어 댔다.

20

머리 없이 오는 인간

우리가 짖는 소리는 아주 우렁차게 들렸다. 요즘 들어 철둑이 매우 고요한 장소가 되었기 때문이다.

낯설고, 미심쩍고, 불안한 고요였다. 예전에는 정기적으로, 하지만 늘 생각지도 않게 들려오는 기차 소음뿐 아니라, 지속적으로 웅성거리는 소리가 있었다. 파르르 잠자리 날갯짓 소리, 윙윙 파리 소리, 맴맴 매미 소리, 개굴개굴 개구리 소리가 만드는 웅성거림. 하지만 그런 건 다른 때, 땅이 따뜻하고 넝쿨에 잎이 가득했을 때 있던 일이다.

요근래 찾아든 추위는 우리를 고요함으로 이끌었다. 늘 그랬듯이 기차가 철로를 뒤흔들고, 수풀을 부채처럼 가르고, 울부짖으며 지나가고 나면 우리에겐 정적만 남았다. 가죽에 붙은 진흙처럼 우리에게 달라붙은 냉혹하고, 공허하며, 기약 없는 고요함.

우리가 목청껏 짖고 있을 때 그자가 왔다.

두 발로 걷는다는 사실에 우리는 꽤 걱정했지만 머리 없이 와서 조금 안심했다. 그자는 단추가 잔뜩 달린 인간들의 옷을 입고 있었지만, 허리띠가 아닌 끈으로 허리를 질끈 동여맸고, 거기다가 제법 큰 냄비 하나와 봉지 두 개, 깡통 세 개를 매달고 있었다. 그는 몸을 구부리고 나뭇가지들을 모으기 시작했다. 나는 짖기를 멈추고 주의 깊게 바라보았다. 갈비씨는 조금 더 짖다가 입을 다물었다. 또다시 고요해졌다.

얼굴 없는 자는 나뭇가지들을 쌓더니 그곳에 불을 붙였다. 처음에는 꺼질 듯한 아주 작은 불꽃이었다. 그자는 버려진 합판 조각으로 부채질을 했다. 마침내 그자가 원하는 대로 되었다. 나뭇가지들이 탁탁 튀기 시작했는데, 나는 고요한 가운데 그 소리를 듣는 게 좋았다.

사실 우리는 그자와 매우 가까이 있었지만, 그자는 우리를 보지 못한 것 같았다. 나는 그자가 얼굴이 없어서 우리를 볼 눈도 없는 거라고 생각했다. 하지만 내 생각은 틀렸다. 그자는 잠깐 불에 손을 녹인 뒤 단추가 있는 쪽으로 손을 가져가더니 덮어쓰고 있던 옷에 틈을 벌려 그 사이로 털이 많이 나고, 귀의 흔적은 없지만 눈, 코, 입이 달린 제법 완벽한 얼굴을 끄집어냈다.

나는 도라 이모 정원에서 거북이 그런 눈속임을 하는 것을 보았지만, 그 구멍으로 불쑥 나타난 것이 절대로 거북처럼 보이지는 않았다. 그자의 눈길은 뭔가 의심을 싹트게 했다. 그리고 막 싹튼 의심은 확신이라는 꽃을 피웠다.

그자는 고개를 들어 우리를 보고 찬찬히 살피더니, 사람들이 너털웃음이라고 부르는 부드럽고 껄껄대는 소리를 냈다. 우리는 한참을 꼼짝 않고 그자를 바라보았다. 의심할 여지가 없었다. 우리한테는 안됐지만, 그자는 사람이었다.

내 귀가 나를 아래로 잡아끌었지만, 나는 고개를 바짝 쳐들고 도라 이모가 고상한 개에 대해 가르쳐 준 것을 기억하며 그 사람을 정면으로 근엄하게 쳐다보았다. 한편 지나치리만큼 자존심을 버린 적 없는 갈비씨는 두세 바퀴 뱅글뱅글 돌더니 다시 드러누웠다.

하지만 깜순이는 무의식적으로 진짜 배신자처럼 행동했다.

이런 경우에 요구되는 신중함을 조금도 갖고 있지 않았던 탓에 주책없이 그자가 있는 쪽으로 정신없이 뛰어가면서 미친 듯이 꼬리를 흔들어 댔다. 그러고 나서 몸으로 기어올라 갓 태어난 그자의 얼굴을 요리조리 핥았다.

나는 이 크나큰 치욕 앞에서 어찌할 바를 몰랐다. 무슨 일이 생기면 고개를 바짝 들고(귀 끝에 발이 걸리지 않도록 약간 옆으로 기울이고) 물러설까도 생각했다. 어쩌면 그렇게 해야 했을지도 모른다. 그렇게 깜순이를 제 운명에 맡기고 또다시 끔찍한 인간들 손아귀에 혼자 내버려 둬야 했을지도 모른다.

하지만 깜순이에 대한 책임감을 피할 수 없었다. 이제 막 자라고 있는 깜순이의 털이 전처럼 다 뽑히는 것은 생각만 해도 참을 수가 없었다. 그래서 나는 물러서는 대신 가까이 다가갔다. 물론 경계를 늦추지는 않았다.

내가 우려한 대로 그자는 곧바로 깜순이를 차지했다. 깜순이를 팔에 끼더니, 그 상태로 개울물로 가 허리춤에 차고 있던 냄비에 물을 가득 담았다. 그러고 나서 냄비를 불 위에 올려놓았다. 제법 큰 냄비여서 나는 개를 요리할 수도 있겠다고 생각했다. 깜순이가 바보처럼 그자를 철석같이 믿고 계속 그자 얼굴을 핥는 것을 보고 나는 몸을 부르르 떨었다.

냄비에서 김이 나기 시작하자 사방에 따뜻한 기운이 퍼졌고, 나는 꽁꽁 얼어붙은 내 자리에서 아주 비밀스럽게 그 따뜻함을 갈망했다. 나는 가장 사나운 표정을 짓고 짖기 시작했다. 짖다가 으르렁대고, 으르렁대다 짖었다.

그자는 겁내지 않는 것처럼 보였다. 가져온 꾸러미 속에서 뭔가를 꺼내더니 냄비에 쏟아 부었다. 나는 계속해서 짖었다. 그리고 깜순이는 그 사람의 귀가 있어야 할 부분을 계속 핥았다. 갈비씨는 계속 한숨을 내쉬었다.

그자는 냄비를 저었다. 또 포장되어 있는 다른 것들을 넣었다. 계속해서 저었다. 나는 그자가 아주 어린 깜순이를 맛있는 요리로 생각해 어느 순간 그 속에 집어넣을 거라고 생각했다. 하지만 아니었다. 그자는 땅바닥에 깡통 세 개를 내려놓더니 냄비에 있던 것을 거기에 조금씩 쏟아 부었다. 냄새가 아주 그만이었던 것은 내가 인정한다.

그런 다음 그자는 옷 속에서 수저를 꺼내 냄새 좋은 혼합 약물을 먹기 시작했다. 그리고 깜순이한테 먹여 주었다. 깜순이는 그 혼합 약물이 황홀했던 모양이다. 쉬지 않고 꼬리를 흔들고, 수저가 오다 조금 꾸물거리면 실망스럽게 끙끙댔기 때문이다. 그자는 깡통에 수저를 넣어 국물을 떠서는, 호호 분 다음 깜순이에게 먹이거나 들이마시게 했다. 그자가 한 숟갈 먹고, 깜순이가 한 숟갈 먹었다(차례를 엄격히 지킨 것은 내가 인정한다).

하지만 나는 쉽사리 속지 않았다. 나는 경험 없는 강아지가 아니었다. 나는 그자가 깜순이가 얼마나 이쁘게 우는지 보기 위해 깜순이의 다리를 불에 넣거나, 아니면 깜순이의 몸에 기름 따위를 부어 쥐나 나비로 변하게 할 거라고, 그러기 위해서 끔찍한 귀 싸개나 커다란 가시 막대기를 꺼낼 거라고 짐작하고 있었다.

하지만 아니었다. 그 사람은 잠시 제 머리를 긁적이더니, 깜순이가 제 머리를 긁게 놔두었다. 그런 다음 나를 바라보았다.

나는 두 발짝 뒷걸음질쳤다.

그 사람은 내가 있는 곳 가까이에 깡통 하나를 놓으며 말했다.

"드시지요. 맘에 드실지 모르겠지만."

사실대로 고백하자면, 나는 그 사람이 그렇게 정중하게 나를 대해 줘서 참 좋았다. 보통 인간들은 그다지 정중하지 않았기 때문이다.

나는 자존심과 신중함을 지키기 위해 먹지 않을까도 생각해 보았다. 하지만 배고픔과 추위가 함께 내 옆구리를 습격한 데다, 설상가상으로 누가 내 숨통을 마지막으로 찌르는지 보려고 자기들끼리 싸우고 있는 중이어서, 나는 따뜻함에 다가

가는 편을 택했다. 그렇지만 신중하게 다가갔다.

나는 수프를 먹었다. 난생처음 수프를 먹었는데, 정강이뼈와는 비교가 되지 않았지만 그런대로 괜찮았다. 따뜻한 국물이 입 안으로 흘러들어 왔다. 그리고 국물을 마실 때마다 국수, 감자, 과일 껍질 등 뭔가가 딸려 들어왔는데, 그것들은 아주 아름다운 놀라움을 선사했다.

갈비씨가 나를 보고는 귀를 늘어뜨리고 배를 땅에 댄 채 다가왔다. 그러자 그 사람은 다른 깡통을 가지고 왔고, 갈비씨는 시키지도 않았는데 그 사람한테 점심을 준 것에 대해 합당한 예를 갖추었다.

음식은 많지 않았지만, 추위와 배고픔을 달랠 만했다. 우리는 대체로 만족스러웠다.

그리고 우리 셋이 불 주위에 둘러앉아 국수 가락이 배 속에서 헤엄치는 데 대해 감사하고 있을 때, 그 남자가 우리를 보고 말했다.

"자, 괜찮으시다면 제가 여러분께 이름을 지어 드리고 싶은데요. 어떤 식으로든 여러분을 불러야 하니까요."

그 유명한 이름 문제가 다시 등장하자, 끔찍한 한기가 등줄기를 타고 주르르 흘러내렸다. 귀돌이부터 시작해 토토, 로드, 트룩스, 무명씨까지 왔다면, 이제는 무명씨보다 못한 이름이 걸릴 차례였다. 다시 말해, 이제 더 이상 부를 수 있는 이름이 없어서 나를 부르지 못하게 되었다는 뜻이다. 이제 내게는 붙일 이름이 없는 게 아니라 이름 자체가 없는 거였다. 분명 이것은 훨씬 더 위험한 일이었다. 나는 얼굴을 다리 사이에 파묻고, 눈을 감고, 귀를 닫으려고 애썼다.

그 사람은 주머니 속에 들어가 까치처럼 그곳에 둥지를 튼 깜순이를 보며 말했다.

"괜찮으시다면, 당신께는 '도가머리 공주, 어여쁜 깜순이 아가씨'라는 이름을 붙여 드리고 싶소."

어쩌면 이런 이름이 다 있을까! 거의 없을 테지! 그 사람은 전혀 야비한 사람이 아닌 것이 분명했다.

그 사람은 갈비씨를 보고 등으로 손을 가져가며 말했다.

"그리고 당신은 '골격 음악가, 모자란 다리 예술가'라고 부르겠소."

그 이름도 괜찮아 보였다. 골격이 무슨 뜻인지는 모르지만 위대하고 장엄하며 예술가에게 매우 걸맞은 이름처럼 보였다.

그다음은 나였다. 나는 차츰 이름이 사라졌기 때문에, 이제 한술 더 떠 '이름 없음'이라 붙여질까 봐 떨고 있었다.

"괜찮으시다면, 당신은 '귀돌이 신사, 배고픈 카시페로 공작'이라고 부르고 싶소."

배고픈 카시페로 공작. 그리고 진짜 내 이름이었던 귀돌이, 거기다가 신사까지. 나는 생명이 다시 내 몸으로 돌아오는 것을 느꼈다. 단지 내가 두려워했던 것처럼 '이름 없음'이 아닌 제대로 된 이름을 얻었기 때문이 아니라, 내게 붙여 준 이름이 무척 완벽하고 분에 넘쳐서, 또 계속해서 볼품없어지는 이름에서 나를 해방시켜 주었기 때문이다.

그리고 솔직히 말해 수프가 아닌 이름 때문에 인간들에게 개와 화해할 수 있는 기회를 다시 한 번 주기로 마음먹었다.

그 누가 천국이 영원하다고 했던가

마침내 나는 삶의 게임에서 승리하여 드디어 천국에서 살게 되었다는 사실을 깨달았다.

어쩌면 언젠가 내가 꿈꾸었던 천국과는 완전히 똑같지 않을지도 모른다. 멀리 가지 않더라도, 나를 태우고 하늘을 돌아보게 할 거대한 정강이뼈가 결코 내 옆에 착륙하지도 않았다. 아니, 보통 크기의 정강이뼈들조차도 나를 찾아오지 않았다. 쇠고기 조각 순대도, 닭도 없었다. 그리고 가장 자주 먹는 음식이 수프다.

우리가 불을 피울 수 있는 누군가와 함께 있어 상황이 상당히 나아지기는 했지만, 추위를 완전히 물리친 것도 아니다. 하지만 추위란 놈의 정신을 반쯤은 쏙 빼놓은 것 같다. 이제 추위는 전처럼 우리 곁에 꼭 붙어 있지 않고 가끔씩 사라지기도 했다. 한편 넝쿨에 잎이 몇 개 돋아나는 것도 보았다.

나는 그 사람이 마음에 들었다. 그 사람은 음식을 나눠 줄 줄도 알고 감격스러운 냄새도 잔뜩 풍겼다. 유감이라면 늘 주머니 속에 넣고 다니는 조그만 상자로 음악을 연주하는 데 사족을 못 쓴다는 점이다. 그 사람이 연주를 하면 우리는 주체할 수 없이 끙끙대고 싶은 마음이 생긴다. 종종 우리는 몇 발자국 물러나 귀를 막아야 한다. 그 사람은 그런 우리들의 행동이 기분 나쁘지는 않는 것 같았다. 늘 우리를 매우 예의 바르게 대했으니까.

그 사람이 내게 말한다.

"카시페로, 오늘은 당신에게 주려고 멋진 뼈다귀를 가지고 왔소."

한편 깜순이는, 실례, 어여쁜 깜순이 아가씨는 제법 자라서 이제 내가 기억하고 있는 암캐, 시간 늦추기 캡슐 사건 이전의 모습과 많이 비슷해졌다.

엊저녁 나는 잠시 모든 것을 기약하는 멋진 냄새를 다시 맡았고, 오늘 아침 그 냄새는 또다시 내 코를 간질였다. 나는 그간 할 수 없었던 우리의 옛 놀이를 다시 할 수 있게 된다면 이곳이 마침내 완전한 천국이 될 거라고 생각했다.

모자란 다리 예술가, 즉 갈비씨는 흥을 되찾았는지 자주 우리에게 새로운 야단법석 춤을 선물한다.

그리고 나, 귀돌이 신사 배고픈 카시페로 공작은 삶의 게임에서 승리를 거머쥐고 천국의 중턱에서 내 이야기를 맺는 사치를 누린다.

이것이 오늘 우리 넷이 근처에서 자꾸 윙윙대는 모기를 겁주며 햇빛을 쬐고 누워 있을 때 내가 깨달은 것이다. 나는 지금 이 순간 회전목마가 가장 멋지게 돌고 있다고 생각했다. 그리고 그게 바로 천국이라는 생각이 들었다. 어쩌면 영원한 천국이 아닐지도 모른다. 하지만 그 누가 천국이 영원하다고 했던가.

세상이란 회전목마에서 진정한 승리를 거둔
배고픈 개 이야기

이 책은 사람들 곁에서 사람들과 더불어 살아가고 있는 한 개의 고난으로 가득 찬 삶을 그리고 있다.

주인공 카시페로는 태어날 때부터 '굶주림'의 운명을 타고났다. 형제는 열하나인데 엄마 젖이 열 개였고, 그것이 자신의 가장 큰 문제, 바로 배고픔의 원인이었다고 말한다. 그래서 생존을 위해, 일자리를 얻기 위해 가족들 품을 떠나게 되고, 고향을 등진 채 떠돌이 삶을 시작한다.

처음 시도한 것은 애완견이 되는 일이었고, 그것을 시작으로 광대 노릇, 인형모델, 아름다움 연구소 실험용으로 전전하면서 주인이 바뀔 때마다 그 사람의 취미와 직업에 따라서 이름이 바뀌는 수난을 감수해야 했고, 변덕스럽고 때로는 잔인하기까지 한 사람들에게 붙잡혀 온갖 고통을 당하기도 한다. 그러나 카시페로는 세상을 회전목마와 같다고 생각했다. 회전목마는 돌고 돌다가 갑자기 멈출 때도 있고, 방향을 틀어 거꾸로 돌 때도 있고, 너무 빨리 돌아 어지러울 때도 있으며, 최악의 경우 자신이 회전목마 밖으로 팽개쳐질 때도 있다고 생각했다. 그래서 어릴 적 엄마의 품 속 같은 고향의 냄새를 떠올리며 모진 역경 속에서도 희망의 고리를 놓지 않는다. 또한 불가항력의 세상 앞에서 맥 놓고 수동적으로 살려고 하지 않았다. 살기 위해, 자유를 위해, 더 나아가서 자신을 되찾기 위해 몸부림치고 호시탐탐 기회를 엿보며 놓치지 않았다.

그러나 고달픈 삶의 여정에서 잃은 것도 있지만 얻은 것도 있다. 배고픔과 외로움을 견디며 사는 방법, 뜨거운 형제애, 우정의 가치, 자유의 소중함, 찬란한 사랑, 그리고 존재의 의미. 이런 카시페로의 모습은 우리 인간들의 모습과 닮았다. 특히 자신의 이름 귀돌이에서 점점 의미 없고 볼썽사나운 이름으로 불려진 카시페로가 자신을 잃어가는 것에 대해 두려움을 느끼고 자기 정체성을 찾기 위해 따뜻한 음식과 안락한 잠자리를 박차고 나오는 용기는 우리에게 많은 것을 생각하게 해 준다.

이 소설의 결말은 '해피 엔딩'이다. 삶의 끝자락에서 생명의 불씨가 꺼지려는 순간에 한 사람이 나타난다. 그 사람은 이제까지 자신을 거쳐간 그런 종류의 사람이 아니다. 카시페로 자신처럼 집이 없고, 먹을 게 별로 없고, 냄새가 많이 나는 사람이었다. 그리고 가진 것은 없지만 나눌 줄 알고 생명을 귀하게 여기는 사람이었다. 그 사람은 카시페로와 그 친구들에게 먹을 것만 준 게 아니라, 각자에 꼭 맞는 이름을 붙여주어 생명까지 불어넣어 주었다. 카시페로에게 붙여준 이름인 '귀돌이 신사 배고픈 카시페로 공작'은 인생에서 낙오되지 않고 고난을 딛고 일어선 그가 당연히 받아야 할 훈장일지도 모른다. 카시페로는 아직도 춥고 배고프지만 사랑하는 친구들이 곁에서 자신을 되찾은 그때가 회전목마가 가장 멋지게 돌고 있는 때, 인생에서 승리를 거머쥔 때라고 말한다. 그리고 천국이 있다면 바로 그곳이 천국일 거라고 덧붙인다.

우리의 회전목마는 어떻게 돌고 있을까? 혹시 지금이 가장 멋진 회전을 하고 있는 때인데 다른 것을 보느라 깨닫지 못하고 있는 것은 아닐까.

중남미를 대표하는 어린이 문학 작가 그라시엘라 몬테스는 '피카레스크 소설'의 형식으로 이 책을 썼다. 피카레스크 소설이라 함은 하층계급 출신을 주인공으로 하여 자기자신과 상대방의 생활을 풍자대상으로 삼는 풍자문학이다. 흔히 피카레스크 소설에 등장하는 주인공은 사회에서 소외되고 대접 받지 못하는 사람들이다. 마찬가지로 그라시엘라 몬테스의 이 소설에서도 굶주리고 버림받아 온갖 고난을 겪는 개가 주인공이다. 주인공은 자신의 파란만장한 일생을 과거 회상 형식으로 이야기하는데, 이런 류의 소설에서 빠질 수 없는 감칠맛 나는 유머가 단연 돋보인다. 그 유머는 때로는 야들야들하고 천진난만해서 입가에 미소를 머금게도 하지만, 때로는 채찍처럼 날렵하고 뜨끔하여 우리 마음을 뒤흔들어 놓기도 한다. 특히 인간들이 '사랑하는 애완견'이란 미명 아래 알게 모르게 저지르는 온갖 비인간적인 행위들이나 인간의 행복을 위해 한 생명체를 비정하게 취급하는 모습은 두려움을 느끼게 한다.

작가는 결코 가볍지 않은 주제를 맛깔스러운 표현과 특이한 소재, 번득이는 상상력과 시종일관 끈을 놓지 않는 긴장감으로 써내려 간다.

이 책은 꿈과 희망, 그리고 자신의 정체성을 고민하는 시기의 어린이, 청소년뿐만 아니라 소중한 것을 잊고 살아가는 이 시대의 어른들에게도 같은 무게의 감동과 재미로 다가갈 것이다.

배상희

옮긴이 **배상희**
1969년 서울에서 태어나, 한국외국어대학교와 동대학 통역번역대학원에서 스페인어를 공부했
다. 현재 스페인어로 쓰여진 좋은 어린이 책을 소개하고, 우리말로 옮기는 일을 하고 있다. 옮긴
책으로《동방박사의 선물》,《난 좋아》들이 있다

그린이 **이종균**
CATV (주)투니버스에서 컴퓨터 그래픽(CG) 애니메이션 PD로 근무했으며, KBS TV 애니메이션
《아장닷컴》의 아트 디렉터로 일했다. 현재 프리랜서 일러스트레이터로 활동 중이며, 경기대학교
애니메이션학과에서 강의를 하고 있다. 그린 책으로《당나귀는 당나귀답게》가 있다.

오! 행복한 카시페로

첫판 1쇄 펴낸날 2006년 9월 5일
4쇄 펴낸날 2010년 4월 10일

지은이 그라시엘라 몬테스 옮긴이 배상희 그린이 이종균
펴낸이 김혜경
기획편집팀 박창희 김솔미 김민영 정은선 김민희
디자인팀 서채홍 전윤정 김명선 권으뜸 지은정
마케팅팀 모계영 이주화 문창운 강백산
홍보팀 윤혜원 오성훈 김혜경 김현철 김선업
경영지원팀 임옥희 양여진

펴낸곳 (주)도서출판 푸른숲
출판등록 2002년 7월 5일 제 406-2003-032호
주소 경기도 파주시 교하읍 문발리 파주출판도시
529-3번지 푸른숲 빌딩, 우편번호 413-756
전화 031)955-1400(마케팅팀), 031)955-1410(기획편집팀)
팩스 031)955-1405(마케팅팀), 031)955-1424(기획편집팀)
www.prunsoop.co.kr

ⓒ 푸른숲, 2006
89-7184-479-5 43870
89-7184-419-1 (세트)

푸른숲주니어는 푸른숲의 어린이·청소년 책 전문 브랜드입니다.

＊잘못된 책은 구입하신 서점에서 바꾸어 드립니다.
＊본서의 반품 기한은 2015년 4월 30일까지입니다.

이 도서의 국립중앙도서관 출판시도서목록(CIP)은 e-CIP 홈페이지(http://www.nl.go.kr/cip.php)에서
이용하실 수 있습니다.(CIP제어번호: CIP2006001886)